《江山如画》系列诗集之第三部

# 山川之咏

陈明富 著

陕西新华出版传媒集团
太白文艺出版社·西安

**图书在版编目（CIP）数据**

山川之咏 / 陈明富著. -- 西安：太白文艺出版社，2021.11
　ISBN 978-7-5513-2060-3

　Ⅰ.①山… Ⅱ.①陈… Ⅲ.①诗集—中国—当代 Ⅳ.①I227.7

中国版本图书馆CIP数据核字(2021)第220293号

## 山川之咏
### SHANCHUAN ZHI YONG

| 作　　者 | 陈明富 |
|---|---|
| 责任编辑 | 赵甲思 |
| 封面设计 | 神州出书网 |
| 版式设计 | 中正书业 |
| 出版发行 | 陕西新华出版传媒集团<br>太白文艺出版社 |
| 经　　销 | 新华书店 |
| 印　　刷 | 天津中印联印务有限公司 |
| 开　　本 | 787mm×1092mm　1/16 |
| 字　　数 | 220千字 |
| 印　　张 | 15 |
| 版　　次 | 2021年11月第1版 |
| 印　　次 | 2021年11月第1次印刷 |
| 书　　号 | ISBN 978-7-5513-2060-3 |
| 定　　价 | 52.00元 |

版权所有　翻印必究
如有印装质量问题，可寄出版社印制部调换
联系电话：029-81206800
出版社地址：西安市曲江新区登高路1388号（邮编：710061）
营销中心电话：029-87277748　029-87217872

# 序

《山川之咏》，乃《江山如画》系列之第三部。初，未思邀人为序，亦未欲自序也，而《后序》成之，觉言犹未尽也，遂自序焉。

余之诗，多近体诗。今人为诗，其用韵，或为古韵，或为新韵，古韵依《平水韵》，新韵多依《中华新韵》，亦有《中华通韵》等。余用新韵，依《中华新韵》，因其合时音，便吟唱，且韵宽，易于发挥也。古韵与新韵，乃相对而言，古韵亦为其时之新韵，新韵亦为将来之古韵也。新韵乃发展之势也，合乎万物变化之则，由《切韵》而至《平水韵》《中原音韵》《词林正韵》等，其理莫不如是也。古韵之音值，今已未可知，虽可仿方音，然终非原汁也。余未斥用古韵，亦不勉励，古今之渐变，需历时也。然余以为，今韵更利于吟唱，且因韵宽，更利于出佳作也。

为诗者，皆欲其为佳作也。而佳作，虽读者不同，见解有异，然仍有公认也。余以为，凡佳作，必能令人触动，使人受益，并产生共鸣也，此非数人之共鸣，乃大众之共鸣也，且历久而弥新。佳作，须美，好诗即美诗也。诗之美，不拘一格，有磅礴之美，亦有柔婉之美；有激昂之美，亦有沉郁之美；有粗犷之美，亦有细腻之美；有田园之美，亦有边塞之美。诸如此者，不一而足。略举数例，如子安之诗，太白之诗，子美之诗，摩诘之诗，少伯之诗，长吉之诗，义山之诗，皆多佳作，多美诗也。而美之准，佳之则，唯共鸣耳。

余以为，诗之佳作，其美也，务求如下：其立意，须正、高而远，读之，能正心而远志，适性而动情也；其文辞，须切而雅，既精当达意，而又生动雅致，读之，如饮醇酒，回味无穷也；其对仗，力求工稳，格律诗，好与否，对仗尤为关键，亦尤为难也，对仗工稳，可令人咀嚼不尽，爱不忍释也；其想象，须丰富多彩，若平直而浅显，一目而可透视，则如同嚼蜡，寡然无味也。

仅以上，不足也，佳作须兼如下：须有情怀，积极之人生，远大之抱负，开阔之胸襟，深切之感悟，皆能令人动容，为之一振也；须有意境，情景相生，虚实相成，意境优美，可令人遐想，使人愉悦，顿生美感也；须有佳句，有句无篇固不好，而有篇无句亦不好也，一位诗人，终其一生，了无佳句，或佳句寥寥，乃憾事也。

余观之，今人为诗，好以俗语入句，未妥也。诗应以雅为上也，雅并非佶屈，雅而畅，雅而不涩，方为妙也，而词可稍俗也。今人有好用俗语者，多为小学之功不足，或文言之底欠佳也，未必天生喜用俗语。俗不可，晦亦不可也，今人有喜用语晦涩，抑故用僻字以显高深者，如此，则既无美感，亦拒人于千里也。今人之诗，有好用典者，用典乃诗之常也，然强用典，典而涩，诗必典，则病也，不如不典也。典之融入，须视诗体而酌，视情景而定，亦求典而畅，不可生套也。此外，诗，乃综合者也，乃情、景与人之合一也。诗人之顶尖者，佳作之上乘者，难仿也，亦非学可达也，需天生之气质与灵性，子安、太白与义山，皆此类也。故，诗才难得，可遇而不可求也，古时诗话不少，今者诗论亦多，而兼为名诗人者寥寥，即此理也。

余之诗，亦求美与佳句也。虽驽钝浅陋，力有未逮，然此乃余之所求也，将孜孜不辍。余之诗，涉山水、田园、怀古、咏史、咏物、哲理、边塞与饮酒等，尤以山水、田园为主。《江山如画》，乃系列诗集，已出《江山之旅》与《河岳之行》，《山川之咏》为第三部，计七百又七首，相较前两部，多组诗，以绝句为甚。余醉于华夏山川之美，每赋诗记之，单诗又多未尽兴，遂作组诗也。而绝句，乃诗之轻骑也，不须务求对仗，便捷，易突防，妙用之，或可出彩也。

余不揣谫陋，于《山川之咏》中，择句若干置此，既就教于大方，亦定之乎大众也："池清台榭映，细柳动春鸭。""岸边垂柳绿，波上野凫闲。""清风拂细柳，谁不爱江南？""农家为酒馔，把盏醉闲云。""白云没高宇，犬吠万山空。""光辉四山里，波撼九苍间。""舟行浩渺间，波上草如烟。""舟过轻篙起，波推水草开。""浪激飞雾月，声响震牵牛。""春花终有尽，流水却无穷。""酸酸莫回首，回首断肠间。""人世如秋草，冬枯总念春。""拨散浮云去，明光洒九苍。""愿得长报国，豪气似山阿。""寒铜尽华发，莫笑寄金卮。""休言未酬志，对此饮千觞。""未敢高声语低谷，恐惊玉女返蓬山。""樵歌曾伴钟声起，多少风流去若烟。""石径百盘崖竦竦，云烟万卷鸟娟娟。""足浮万木白云过，手触三垣紫气通。""玉宇千重云漠漠，银河万里水悠悠。""悠悠千载垂垂去，阅尽沧桑益净心。""三春桃杏红青岭，菽稻九秋黄碧天。""可乘日月凌苍莽，万里神州定畅怀。""狂风怒卷海潮来，激荡礁岩飞水开。""风襄潮水卷礁石，万里洪波万马驰。""潮波万滚天河下，洗尽礁滩溅玉宫。""男儿当有凌云志，不破贼师终不还。""啾啾战马烽烟起，不叫胡蹄越汉关。""潮波溅起濡衣袖，愿把长弓守汉关。""远眺汤汤一片白，九天玉镜落妆台。""玉斧轻划峰岭间，金沙滚滚泻云天。""云烟飘过鸟声去，莫问轮回多少重。""一面高坡千舍悬，鲜花开在碧云间。""苍峰隐隐余孤屿，恰似蓬莱波上飘。""孤洲浮在银河里，愿做天宫垂钓郎。""骋观不见万山阿，唯有滔滔千卷波。""男儿应志驰疆场，青史留名万世说。""千片白屋雪帆去，一条碧水玉带来。""小桥流水瀑飞飞，烟谷深深苍岭回。""烟花三月染湖波，垂柳轻拂黄鸟歌。""鸥鸟不知临水意，一声惊断戍梁州。""悠悠千古云波永，只是韶华如水流。""两只白鸟闻声起，灵动源于一瞬间。""唐宗宋祖随风去，只是烟波不懂愁。""江雨霏霏江水流，雪帆一片雪鸥游。""滚滚风烟杂劲雨，宁折也在最高峰。""莫道光阴去如箭，壮心不老老何来？""欲向天庭沽玉酒，醉将瑶阙比人间。""愿问天皇赊玉露，再将眉月做鱼钩。"

  余之诗，多小序，少则数十言，多则数百言，亦有不序者。小序，利于后世之明也。余之序，既为游记，亦为别样之回忆录也。明时，徐霞客游遍名川大山，留下《徐霞客游记》，余亦每览河山，多所模范，遂以此为余之游记也，暮时，亦可忆也。余未敢比肩于古人，仅留余之足迹与心迹耳。如《观太鲁阁大峡谷二首》序曰："其地绵延四十里，连峰高耸，深壑横切，绝壁万仞，飞流千寻。一道蜿蜒，飞驰断崖而去，似浮于九霄，或尽入而为隧，或半出而侧挂，乃天路也。余行于峰岭之中，望一线之天，瞰急流之涧，观轻盈之桥，览迷蒙之霭，醉矣！"《洱海五首》序曰："戊戌六月廿四，余骑行洱海边，至双廊而返，见碧波荡漾，浩瀚无垠，洲屿袅袅，轻鸥旋旋，水天相接也；西之苍山，则高耸入云，雪峰连连，轻烟飘飘，映入水中。余徜徉于湖边，挹其柔波，抚其水草，观其游鱼，望其涟漪，心弛而意惬，不欲归也！"《虎跳峡五首》序曰："余立哈巴雪山一侧，见金沙之水，由九天而下，如玉斧轻划，从哈巴雪山与玉龙雪山之间，一跃而泻，遇江石相挡，激荡飞溅，翻滚怒吼，滔滔而去；声似洪钟，震耳欲聋，色如黄绢，千匹万卷；七彩轻虹，浮于惊涛之上，沐于飞沫之中。岸边猛虎，立于巨石，不惧骇浪，跃跃欲跳也；对岸有飞溪与拱桥，皆悬于峭壁之上也。虎跳峡，排山倒海，雷霆万钧，轰轰烈烈，酣畅淋漓。观之，则令人雄心飞扬，壮志凌云，欲乘长风而破万里浪也。"《眺丽宁十八弯五首》序曰："戊戌六月廿七，余由丽江至泸沽湖，途经丽宁十八弯。停而远眺，见金沙江畔，悬崖陡峭，苍岭高峙，天路盘旋，折折千回，直上九霄；如玉带环绕，若白藤攀缘，如蛛网，又若蚕丝，轻浮于云烟之中，飘荡于天地之间也。可观止矣！"《拉市海十咏》序曰："观之，碧波浩渺，茫茫无际，白云入水，水天相接；多水草，有海菜花，莹莹点点，随波飘荡。余泛舟于拉市海，望峰岭遥遥，观白云飘飘，看鸥鸟飞旋，闻长篙入水，似浮于九苍也。一支纳西曲，心已醉矣。荡漾拉市海，亦觉天地悠悠，万物渺然也。"《登九连尖二首》序曰："同行有甚伤之，或甚憾之，余不以为然。夫成者，何也？心乐之谓也；夫败者，何也？心悲之谓也。故成败，皆由心也，且今日之败，未必他日亦败也。于此，谢安可学，东坡可效也。"以上，皆余之足迹与心迹也。余之诗，余之行也，余之心也。

所言泛泛。未尽者，见于《后序》也。

是为序。

陈明富
辛丑七月于金陵

# 目录

## 一　江苏之咏

| | |
|---|---|
| 登九连尖二首 | 001 |
| 龙吟湾二首 | 002 |
| 野炊龙吟湾 | 003 |
| 登无想山四首 | 003 |
| 登瓦屋山二首 | 005 |
| 观上杆湖 | 006 |
| 望丫髻山二首 | 007 |
| 泛舟白鹭湖五首 | 008 |
| 野炊白鹭湖 | 009 |
| 丛林穿越二首 | 010 |
| 徒步幕府山三首 | 011 |
| 庚子冬金陵初雪五首 | 012 |
| 庚子冬金陵再雪五首 | 013 |
| 千华古村 | 015 |
| 南京眼三首 | 015 |
| 观金牛湖野生动物王国二首 | 017 |
| 观石头城遗址四首 | 017 |
| 方山五首 | 019 |
| 定林寺 | 021 |
| 登大报恩寺塔 | 022 |
| 再登中华门城堡二首 | 022 |
| 老门东 | 024 |
| 观汤山矿坑公园 | 024 |
| 阳山碑材五首 | 025 |
| 过袁机墓感赋二首 | 027 |
| 瞻园十咏 | 028 |
| 游清凉山 | 031 |
| 清凉山绝句五首 | 032 |
| 观驻马坡三首 | 033 |

| | |
|---|---|
| 过清凉寺 | 034 |
| 观崇正书院 | 035 |
| 乌龙潭十咏 | 035 |
| 观中山植物园五首 | 038 |
| 登阅江楼 | 040 |
| 狮子山十首 | 041 |
| 徐家院三首 | 043 |
| 辛丑五月廿九日浦口风雨大作 | 045 |

## 二　安徽之咏

| | |
|---|---|
| 青龙双河漂流三首 | 046 |
| 储家滩五首 | 047 |
| 恩龙世界木屋村三首 | 049 |
| 西村十首 | 050 |
| 徽开古道 | 053 |
| 宿白际 | 054 |
| 白际五首 | 055 |
| 观严池村红豆杉 | 056 |
| 严池村五首 | 057 |
| 过项山村 | 058 |
| 大别山五首 | 059 |
| 皖南十首 | 060 |

## 三　台湾之咏

| | |
|---|---|
| 溪头三首 | 064 |
| 阿里山二首 | 065 |
| 观台北故宫博物院二首 | 066 |
| 观台北中山纪念馆二首 | 067 |
| 台北观楼 | 068 |
| 日月潭 | 068 |
| 日月潭绝句三首 | 069 |
| 观邵族文化村二首 | 070 |
| 赤嵌楼三首 | 071 |
| 观延平郡王祠二首 | 072 |
| 西子湾三首 | 073 |
| 猫鼻头二首 | 074 |
| 鹅銮鼻二首 | 075 |
| 观三仙台 | 076 |
| 观太鲁阁大峡谷二首 | 076 |
| 观花莲北回归线标志塔二首 | 078 |
| 野柳五首 | 078 |
| 台湾绝句十首 | 080 |
| 台湾行 | 083 |

## 四　云南之咏

| | |
|---|---|
| 游云南民族村 | 084 |
| 苍山三首 | 085 |
| 洱海五首 | 086 |
| 夜观大理古城二首 | 087 |

| | | | |
|---|---|---|---|
| 望崇圣寺三塔三首 | 088 | 观景迈山云海十首 | 130 |
| 眺剑湖二首 | 089 | 翁基古寨五首 | 133 |
| 金沙江三首 | 090 | 观翁基古柏 | 135 |
| 虎跳峡五首 | 091 | 观中缅界碑二首 | 136 |
| 香格里拉五首 | 093 | 观打洛口岸二首 | 136 |
| 独克宗古城二首 | 095 | 观远征军无名英雄纪念碑二首 | 137 |
| 普达措十咏 | 096 | | |
| 观普达措酥油花二首 | 099 | 独树成林三首 | 138 |
| 眺巴拉格宗大峡谷二首 | 100 | 勐景来五首 | 139 |
| 眺丽宁十八弯五首 | 101 | 观西双版纳傣族园五首 | 141 |
| 摩梭之舞 | 102 | 飞驰澜沧江六首 | 142 |
| 泸沽湖十咏 | 103 | 观景洪星光夜市五首 | 144 |
| 登里务比岛 | 106 | 那柯里茶马古道五首 | 146 |
| 拉市海十咏 | 107 | 野象谷十首 | 148 |
| 拉市海茶马古道二首 | 110 | 观墨江北回归线标志园三首 | 151 |
| 夜观丽江古城六首 | 110 | | |
| 观楚雄跳菜二首 | 112 | 滇池十首 | 152 |
| 观腾冲热海十首 | 113 | 滇西物景二十首 | 155 |
| 和顺古镇十首 | 116 | 滇西行 | 160 |
| 观龙江特大桥五首 | 119 | | |
| 翁丁古村六首 | 121 | **五 其他** | |
| 勐梭龙潭十首 | 123 | | |
| 娜允古镇五首 | 126 | 洞头仙叠岩观海十首 | 162 |
| 老达保村五首 | 127 | 登洞头望海楼 | 165 |
| 宿景迈山三首 | 129 | 洞头大沙岙观海三首 | 165 |
| | | 夏雨晚步二首 | 166 |

| 梦游鸡雏山 | 167 |
| 春咏十首 | 168 |
| 春感三首 | 170 |
| 茶山村 | 171 |
| 闻老叟自语天堂言感赋二首 | |
| | 172 |
| 庚子冬杂兴五十首 | 173 |
| 庚子杂感五十首 | 185 |
| 金陵怀古三十首 | 196 |
| 咏史二十首 | 203 |
| 咏物二十首 | 208 |
| 边塞吟二十首 | 213 |
| 田园赋二十首 | 218 |
| 饮酒诗二十首 | 223 |

## 后序　　　　　　　　228

# 一 江苏之咏

## 登九连尖二首

　　句容九连尖,介汤山与宝华山之间,由九山连绵而成,主峰高四百三十余米,多草甸,亦有灌木,巍峨而秀丽,有华东小武功山之誉。庚子六月十二,往登,同行者四十余人,然其时酷热殊甚,兼峰高坡陡,无可遮者,皆气喘吁吁,半途而铩羽,竟无一人过三尖者。虽未竟其程,然亦至山巅,俯瞰而兴奋也。同行有甚伤之,或甚憾之,余不以为然。夫成者,何也?心乐之谓也;夫败者,何也?心悲之谓也。故成败,皆由心也,且今日之败,未必他日亦败也。于此,谢安可学,东坡可效也。

一

欲越九连尖,

三峰不过还。

留得谢安志,

他日上云山。

二

崿崿九连尖,

叠峰耸紫天。

抬头望苍宇，

俯首眺青山。

草甸云中挂，

灌丛空际悬。

遥观飞鸟起，

壮志越轻岚。

## 龙吟湾二首

庚子七月廿六，余与家人往溧水龙吟湾，观山水之苍茫，寻自然之意趣也。穿山林，打板栗，步阡陌，观水稻，午则野炊。美哉！乐哉！唯惜者，杨梅过也。

一

龙吟有水湾，

板栗遍山峦。

秋稻黄于野，

杨梅六月甜。

二

龙吟碧水间，

林野有梅园。

长棍寻高栗，

儿童跑满山。

## 野炊龙吟湾

庚子七月廿六，余往溧水龙吟湾，打板栗，步稻埂，午炊于旷野，其乐也无穷矣。人生，当张则张之；当弛，亦应弛之也。

风吹叠岭有龙吟，

翠谷青湾浮碧云。

六月杨梅虽已渺，

三秋栗子却皆沉。

田间水稻垂黄穗，

林里土鸡传素音。

一阵轻烟野炊起，

未酌尽似醉醺醺。

## 登无想山四首

庚子七月廿六，往登溧水无想山。步山径，穿林荫，望天池，闻禅音，有所思，亦无所想。人世沧桑，世事无常，唯心清意轩可也。

## 一

金陵无想山，
无想步林间。
禅寺能心净，
天池可意轩。

## 二

悠悠无想山，
禅寺已千年。
尘世心当阔，
终将如逝烟。

## 三

袅袅起禅烟，
烟消无想山。
红尘虽有泪，
心净自能安。

## 四

步于无想山，
缕缕起禅烟。
蝉噪高枝上，
鸟鸣轻霭间。
天池碧波广，
木栈翠芦连。

静坐松竹下,

似觉一万年。

## 登瓦屋山二首

  庚子八月十六,余往登溧阳瓦屋山。其地处溧阳之北,句容之南,峰峦叠耸,林木苍翠,杂花处处可见,鸟语处处可闻。葱茏之中,掩宝藏寺,其袅袅禅烟,缥缈而虚无也。余步于苍岭之中,似遗世而独立也。昔日,太白等亦曾游之。

一

遥看瓦屋山,

拔于苍野间。

奇花缀沟壑,

异木遍峰峦。

鸟语半空里,

云飞数岭边。

林深不知路,

袅袅有禅烟。

二

千仞瓦屋山,

直插云海间。

飞驰野花里,
斜挂断峰边。
岭上闻禽语,
林中见寺烟。
登高心意阔,
不必念终南。

## 观上杆湖

　　上杆湖,即上杆水库也,地处瓦屋山北麓,属句容上杆村所辖。其水面约三千亩,堤长约四百米,湖光山色,碧波荡漾,观之沁人心脾。庚子八月十六,余登瓦屋山,返时过之。同行多儿童,乃于湖边打水漂,竞其远也,小女则忙于水边捉虫,不亦乐乎。亦思童年之逍遥与惬意也。

瓦屋山麓闪湖光,
一坝迢迢凌莽苍。
坡下顽童水漂起,
岸边老叟钓丝扬。
白鸥轻掠涟漪去,
黄雀悠寻芦苇藏。
还忆他年于故里,
牧牛天地尽茫茫。

# 望丫髻山二首

丫髻山，位于溧阳，为茅山之余脉，古称丫头山、鸦髻山、丫仙山、丫山、髻山、帢帻山等，因似女子发髻，故得名。其海拔四百余米，略高于瓦屋山。此处山陡林密，云雾飘飘。庚子八月十六，余登瓦屋山，远望丫髻山，巍然也！奇之也，遂归赋之。

一

远观双髻耸云天，
似有神仙隐雾间。
未敢高声语低谷，
恐惊玉女返蓬山。

二

丫髻扶摇入九天，
流岚翻卷万年间。
太白游历到何处，
欲迓寻仙丫髻山。

## 泛舟白鹭湖五首

庚子八月廿日，余乘皮划艇，泛舟于金陵白鹭湖。白鹭湖者，即邵堰水库也。此地湖光山色，碧波荡漾，行于波上，浮于天地，纵一苇之所如，凌万顷之茫然，有所思，亦无所想。同游有戏球而落水者，皆开怀也。

一

泛舟白鹭湖，

似在九天浮。

飞鸟身边过，

轻云与桨逐。

二

空中白鹭飘，

水上小舟摇。

桨落涟漪去，

人如浮九霄。

三

空中旋鹭鸥，

水上鹓鹛游。

浩浩清波荡，

长天一叶舟。

四

山秀水茫茫，

泛舟浮九苍。

戏球相覆落，

波荡笑声扬。

五

金陵白鹭湖，

浩浩碧云浮。

蒲苇水边茂，

芰荷波上铺。

空中起流霭，

浪里落飞凫。

划桨泛舟去，

似觉天地无。

## 野炊白鹭湖

庚子八月廿日，泛舟于金陵白鹭湖，午则野炊于坝下。食于天地，醉于河山也。

白鹭骜湖波，

泛舟撷芰荷。

野炊天地里，

心已醉山河。

## 丛林穿越二首

庚子八月廿日，余泛舟白鹭湖，后穿越阔塘山。深入丛林，竹木参天，枯则纵横，几无路可循，乃原始之境也。余与同行每披荆斩棘，方可得路，时日之将暮，有恐者，忧不得出也，余则勉之，亦坦然也。终出，尚未暮也。此行，余之所得者，甚众也。亦见八月炸、龟甲竹、栝楼等物。

一

仲秋深入阔塘山，

壮木枝繁枯木颠。

生死本为霄宇事，

步出绝境返人间。

二

密林强越阔塘山，

野木杂生行路难。

日暮披荆返人境，

纵然龙场亦伯安。

## 徒步幕府山三首

庚子重阳,余步于幕府山。徒步,亦览长江,滔滔江水,流于九苍。余思远矣。

一

徒步迢迢幕府山,

滔滔银汉淌云天。

千秋不止秦唐去,

远望苍苍鸥鹭旋。

二

横越苍苍幕府山,

大江滚滚没云烟。

波涛万里从无止,

愿步神州至暮年。

三

庚子重阳幕府游,

大江东去水悠悠。

行于苍岭叠峰里,

纵到昆台不愿休。

## 庚子冬金陵初雪五首

庚子十月廿九,夜步江浦,喜逢小雪,飘飘洒洒,纷纷扬扬。翌日,山川尽白,如月如绡,诗兴乃生,遂赋此五首。

一

冬半雪无迹,

未期一夜来。

晨稀枝上语,

千里阜丘白。

二

飞雪洒如月,

江山一片白。

不识篱外径,

唯有犬足开。

三

一夜飞寒雪,

金陵如月白。

门前黄犬没,

枝上鸟儿呆。

四

一夜雪花飘,

江山分外娆。

疑为仙女醉,

天上散白绡。

五

金陵十月雪,

一夜悄然飘。

洒洒如飞絮,

疑为在灞桥。

## 庚子冬金陵再雪五首

庚子冬月十五,金陵再雪。其时,大雪纷飞,狂风怒吼,野而美,壮而奇!遂咏怀五首。

一

大雪没千山,

狂风枯叶旋。

男儿骋疆场,

策马战寒关。

## 二

寒风刺骨来,
大雪落皑皑。
天地成一色,
豪情尽入怀。

## 三

大雪洒天垓,
千山如玉白。
愿持书与剑,
不老在蓬莱。

## 四

大雪凭风卷,
丘山一片白。
人间尽仙境,
何用念昆台。

## 五

浦口雪纷飞,
千山白瀑垂。
随行天与地,
夜尽不思归。

# 千华古村

庚子腊月初四,余与友人往游千华古村,地处句容宝华山下。自南朝起,因香客往隆昌寺烧香,久则于山麓成此村也。乾隆南巡时亦数至此,今所见之民居街肆,多仿明清也。其杨柳泉,清流潺潺,碧水汤汤,乃秦淮河之上源也。临水沿谷,亭台楼榭,石径木屋,静谧而幽香,如世外桃源也。

宝华山麓有千华,
幽谷深藏世外家。
玉宇飞檐临碧水,
木楼翘瓦傍红花。
盈盈烟浪轻舟去,
采采廊桥细雨刷。
昔日帝王乘鹤远,
似闻耳畔寺钟滑。

# 南京眼三首

辛丑正月初一,往观南京眼步行桥,并漫行于江心洲。南京眼,架于夹江之上，其椭圆形桥塔，似双目圆睁，斜视苍穹。立于桥上，望江水滔滔，江洲迢迢，眺大胜关大桥与三桥、五桥等，开阔而磅礴也。值早春时节，万象更新，杨柳吐绿，观南京眼，诗情画意，油然而生也。

一

远望南京眼，
秋波送九霄。
游人行又止，
不肯下飞桥。

二

云飞碧水流，
双目闪瀛洲。
春柳旋鸥鹭，
一江美景收。

三

一洲连数桥，
双目视丛霄。
春柳轻丝绿，
游人观似潮。

## 观金牛湖野生动物王国二首

辛丑正月初二,余与家人往六合,观金牛湖野生动物王国。其地处金牛湖西畔,冶山之南坡,甚阔,鱼虫鸟兽,颇为齐备,亦多珍稀。观之,惬意也,亦有所思。

一

金牛湖水清,
西畔兽禽行。
游客八方至,
如观玉苑中。

二

罗囿聚珍稀,
鱼虫鸟兽齐。
王国少杀戮,
处处有藩篱。

## 观石头城遗址四首

辛丑正月初三,余往观石头城遗址,近两千载矣。春天伊始,和风煦暖，秦淮荡漾，杨柳依依。仰观石头城，烽堠高耸，城垣巍然，赭色鬼脸石，惟妙惟肖。步于梅花丛中，望轻鸥展翅，思绪飘然也。归赋之。

一

石城杳杳两千秋，
鬼脸狰狞敌见愁。
春至垂杨绿河岸，
秦淮依旧水悠悠。

二

石头城下水悠悠，
千古秦淮西北流。
纵使明墙逾六百，
人生能有几回秋。

三

清凉门外秦淮去，
垂柳依依翠色新。
烽燧危危耸山顶，
不知曾见几何人。

四

春柳依依春水西，
秦淮万古漾涟漪。
石头山下石头赭，
鬼脸城前鬼脸奇。

遥想清波雪帆过，
仰观烽堠碧云移。
悠悠桑海两千载，
唯有轻鸥识往昔。

# 方山五首

辛丑正月初五，往游方山，因其远望如印，亦称天印山。乃火山喷发而成，今仍遍地玄武岩，多气孔，亦存多处火山口。形势险要，自古乃兵家必争之地，亦忠王李秀成被俘之地也。风景秀美，为文人钟情之处，多有诗篇存世。佛道皆盛，其定林寺，已逾千年，今所见者，乃重修也；定林斜塔，亦有八百余年，虽纠偏，仍为寰宇之最也。

一

天印一方落九乾，
半空苍翠峭崖悬。
樵歌曾伴钟声起，
多少风流去若烟。

二

十八盘峭入苍穹，
远眺金陵如玉宫。
千古云烟掩天印，
樵歌一曲应佛钟。

## 三

天印方方盖九苍，
一山横亘大江旁。
定林佛塔斜千载，
依旧钟声飘帝乡。

## 四

云里危危天印山，
崖刀巅砥木如烟。
悠悠千古随风雨，
烽火已无斜塔悬。

## 五

方山远望峙苍玄，
实是天宫玉玺悬。
石径百盘崖辣辣，
云烟万卷鸟娟娟。
几番敌手归何处，
一代忠王落此间。
地火遗痕遍坡岭，
定林斜塔矗千年。

# 定林寺

　　刘宋元嘉十六年，高僧竺法秀于钟山紫霞湖建上定林寺，刘勰之《文心雕龙》即著于此，惜后毁。南宋乾道时，高僧善鉴将"上定林寺"匾额移至方山，重建之，其与钟山原上定林寺处于同一子午线，并同建定林寺塔，今已八百余年，倾斜，虽纠偏，其斜度仍为寰宇之最也，不可登。寺后亦数毁，亦数建也，今正重建之。辛丑正月初五，余游方山，观之，返而赋。

仰观天印山，
矗立碧空间。
半壁定林筑，
一坡斜塔悬。
塔曾闻玉宇，
寺已晓金銮。
千载云烟去，
佛钟飘九玄。

# 登大报恩寺塔

　　辛丑正月初六，往登大报恩寺塔，上九层高塔，望秦淮古墙，观金陵玉宇，思沧桑之史，慨然也。新塔重建于原址，下有地宫，中出佛舍利等。溯之，则有六朝之建初寺与长干寺也。

聚宝门前报恩塔，
九层直上入苍穹。
足浮万木白云过，
手触三垣紫气通。
秦水①飘飘如细带，
明墙宛宛似轻虹。
楚吴玉宇拂烟柳，
青鸟飞传金阙中。

# 再登中华门城堡二首

　　辛丑正月初六，再上中华门城堡。望中华大地，思沧桑之史，感慨万千也！

---

①　秦水，此处指淮水。

一

春登聚宝门，
一跃近天阍。
上语惊仙子，
下观绝世尘。
瓮城顽寇悸，
箭垛悍敌沦。
六百随烟雨，
依然九宇闻。

二

中华门上望金陵，
玉宇琼楼去九重。
六百春秋守烟雨，
廿七穴洞匿雄兵。
一条淮水波如鉴，
三道瓮城垣若笼。
倭寇曾经狠于兽，
愿得驰马缚长缨。

## 老门东

辛丑正月初六，往观老门东，位于秦淮河畔，因处中华门以东，故称门东，亦称老门东。其地处古长干里，乃人烟阜盛之地，自古街巷纵横，商贾云集，人文荟萃，名闻遐迩，亦世家大族之居地也。多民俗、工艺与美食等，亦多明清旧宅。

> 中华门内老门东，
> 商肆如林黛瓦重。
> 珠玉锦帛云女慕，
> 琴棋书画雅人钟。
> 高楼观戏闻金嗓，
> 小院烹茗望碧空。
> 最是儿童收获满，
> 任情饕餮面颊红。

## 观汤山矿坑公园

辛丑正月初七，与家人往游汤山矿坑公园。数处山崖，半缺如斧削，远望之，如帆似雪，飘扬碧空，令人遐想万千也。有绿地、湖池、瀑布、游船、儿童乐园等，亦美也。美景者，不在景也，而在心也，心美，景亦美也。

远望汤山玉斧削，
如帆似雪半空飘。
绿茵红蕊妆一岫，
白瀑碧湖辉九霄。
翁媪徜徉可排遣，
儿童游乐尽逍遥。
人生处处皆风景，
无论蓬莱或矿窑。

## 阳山碑材五首

辛丑正月初七，余往阳山，观碑材遗址。阳山之碑，半成也，为朱棣命凿，因靖难之役，篡位登基，恐世人不服，乃欲为其父竖巨大之神功圣德碑，以彰孝道，惜未成。曲径直上，于坡上见三处碑坯，即碑座、碑额与碑身也，总高约四十米，总重约万吨，巍峨而立，几成矣。其耗时约一载，匠人甚众，死伤无数，后弃之。虽历时六百余秋，几完好如初，其斧凿钎打之痕，今仍清晰可见。山下有劳死者之茔，今之坟头村，亦因之名也。

一

阳山有大碑，
长望泪垂垂。

六百春秋去,
坟头魂不归。

## 二

曲径探阳山,
碑材坡上悬。
神功未旌表,
六百笑空言。

## 三

大碑三处开,
泽黔尽良材。
六百随风雨,
可怜白骨埋。

## 四

阳山有好石,
篡位大碑支。
六百雨风弃,
终为寰宇嗤。

## 五

靖难坐金銮,
中心惴未安。
阳山石色黝,
工匠斧声喧。

碑有万吨重，

材无一处完。

可怜白骨累，

六百雨风间。

## 过袁机墓感赋二首

辛丑正月初七，往观阳山碑材，途过袁机墓，感而赋也。袁机，字素文，号青琳居士，袁枚之三妹，才女也。静好渊雅，善诗文，乃不栉进士也。然受礼教之害亦深，终彩凤随鸦，遇人不淑，虐尽而返，抑郁终身。虽得父兄所护，然终有寄人之感。其身材高挑，皮肤白皙，端庄秀丽，才貌双全，然姻缘不幸，英年早逝，惜哉！其兄有《祭妹文》以纪之。

一

貌若岭头花，

才如朱李① 发。

一生循女诫，

可叹凤随鸦。

二

正月上阳山，

碑材散碧天。

坡中石径隐，

---

① 朱李，指朱淑真与李清照。

林里土丘圆。
才女为贞女,
姻缘成孽缘。
父兄虽可倚,
命苦泪涟涟。

## 瞻园十咏

辛丑正月初八,游瞻园而归赋也。瞻园,江南四大名园之一,亦为金陵第一园,明时即誉为"南都第一园"。其名乃乾隆御题,意为"瞻望玉堂,如在天上"。初为明太祖称帝前之吴王府,后赐为中山王徐达府邸,亦曾为杨秀清东王府。同治三年,毁于兵燹,后数重修。乾隆南巡时,曾驻跸于此。步于园内,亭台楼榭,假山碧池,飞瀑流泉,翠竹细柳,梅花玉兰,皆悦目而静心也,尤以山石取胜,今犹有北宋之太湖石。太平天国历史博物馆,亦在其中。亦为《红楼梦》等剧取景之地也。

一

小院碧池清,
峰前环榭亭。
春风拂细柳,
玉女水边行。

二

玉楼环绿水,

曲径至奇峰。
窗外春花放，
园禽自在鸣。

三

亭台楼榭间，
垂柳绿池边。
峰转双蝶戏，
寻梅与玉兰。

四

重重池榭间，
曲径画廊连。
绿柳随风动，
云娥如玉兰。

五

瞻园轩榭连，
碧水翠丝含。
云女出石后，
知为玉阙间。

六

楼榭入清池，
和风拂柳丝。
日夕蛙鼓起，

明月洒疏枝。

## 七
春入瞻园里，
楼台如玉宫。
花开碧池畔，
绿柳荡清风。

## 八
飞瀑落云崖，
千峰环百花。
池清台榭映，
细柳动春鸭。

## 九
昔人登玉楼，
吟月咏风丘。
柳动蛙虫唱，
春芳随梦游。

## 十
春暖入瞻园，
琼楼重院连。
曲廊环碧水，
幽径至叠山。
梅绽云娥聚，

瀑流烟鸟观。
清风拂细柳，
谁不爱江南？

## 游清凉山

  辛丑正月初九，往游清凉山，亦名石头山，古属石头城。观崇正书院、清凉寺、驻马坡等，如步于古时，处处皆史也。所思遥远，所感良多。

石头山起入云霄，
西逝秦淮玉带飘。
驻马坡前武侯去，
清凉寺里木鱼敲。
书声震震驰科场，
箭垛延延抵树梢。
远眺金陵似银阙，
曾经吴楚已遥遥。

## 清凉山绝句五首

辛丑正月初九,余游清凉山,即石头山也。时值初春,和风煦暖,梅花、玉兰、二月兰等皆已盛开,步于林花中,穿于古今间,颇慨然也。

一
清凉山势高,
举手触云飘。
昔日石城筑,
依稀尚可瞧。

二
春色绿石头,
鲜花满树收。
秦淮西北去,
往事已悠悠。

三
木掩清凉寺,
竹环扫叶楼。
假山妆玉宇,
驻马念风流。

四

幽谷尽闻禅，

花开楼宇间。

金屋品书画，

返见假山连。

五

春游淮水东，

高岭尽葱葱。

诸葛石城使，

驻马半坡中。

## 观驻马坡三首

辛丑正月初九，往游清凉山，于其东门山坡，见"驻马坡"三字，遂思当年诸葛东行秣陵，于石头城与吴侯联辔驻马之事。岁月悠悠，往事如烟，已近两千载矣。物是人非，风流已去，然青史流芳，万载不朽也。遂成斯三首。

一

长观驻马坡，

往事若江波。

千载悠悠去，

孙刘万古说。

二

驻马两千秋,

人非坡尚留。

当年诸葛相,

联辔语吴侯。

三

石城起峭阿,

驻马尚存坡。

赤壁风流去,

万年青史播。

## 过清凉寺

辛丑正月初九,余游清凉山,过清凉寺,感而赋也。始建于南朝,为法眼宗之祖庭,屡毁屡建,历尽沧桑,今仍在复建之中。成语"解铃还须系铃人"即出于此寺也。

清凉山下木苍苍,

几缕禅烟飘淡香。

法眼悠悠已千载,

曾经风雨尽沧桑。

# 观崇正书院

辛丑正月初九，余游清凉山，往观崇正书院。其位于清凉山东坡，为嘉靖时督学御史耿定向讲学所筑，乃明清江南书院之最也。状元焦竑亦曾就读于此。后渐颓圮，今所见者，乃杨廷宝设计重修也。依山而筑，计三进，多假山、银杏、翠竹与玉兰等，花木掩映，清静幽雅，字画满堂，翰墨飘香也。

石山翰墨送清香，
恰似玉兰飘满堂。
五百春秋尽崇正，
昔人已去叹沧桑。

# 乌龙潭十咏

辛丑正月初九，余游金陵乌龙潭公园，时春花绽放，细柳如烟，亭榭掩映，碧波荡漾，如诗如画也。潭中有紫菱洲与宛在亭，水上有鹛鹏游弋。昔日风流多聚潭畔，今存颜鲁公祠与魏源故居等，另有放生池、文化墙、曹雪芹像等。昔诸葛东行时，亦于石头城多留遗迹，此亦相关也。古有乌龙之说，亦为大观园之一部也。

## 一

乌龙潭水澈如泉，
两岸垂杨轻若烟。
亭榭临波玉娥照，
小洲静静鹧鹇环。

## 二

乌龙潭里水清涟，
绿柳轻拂小榭边。
一阵和风送梅至，
波中鸣鸟报春还。

## 三

乌龙潭里已无龙，
唯有清波映九重。
春至绿丝拂碧水，
梅花绽放引蝶蜂。

## 四

春到潭边水草生，
风吹波动柳条轻。
洲前游鸟涟漪远，
亭后鹊巢浮九重。

## 五

亭后清波起万重，

乌龙潭里去乌龙。
曾经临水风流聚，
烟柳依然人已空。

六
紫菱洲上柳丝飘，
宛在亭前碧水摇。
多少风流皆已去，
清波依旧过春桥。

七
翠柳如烟入水中，
梅花尽绽染云空。
放生池里群鳞逸，
千载犹思颜鲁公。

八
乌龙潭畔柳如烟，
绿屿轻亭入水间。
小卷阿前花已放，
三湘才子远尘寰。

九
乌龙潭水碧如天，
台榭临波柳似烟。
玉女梅前弄轻蕊，

犹思昔日大观园。

十

乌龙潭里水苍苍，
楼榭亭台翠柳长。
诸葛东行终鼎立，
梅花绽放尽流芳。

## 观中山植物园五首

辛丑正月廿三，往观中山植物园。其地北望钟山，南观明城墙，已历百年之沧桑也。今分南北二园，南园南有前湖，西临琵琶湖，北园有潺潺溪水。园内多奇花、异草与嘉木，含热带沙漠与雨林植物。一园览四季，半日观五洲。观之，赏心，悦目，亦长识也。

一

钟山有好园，
嘉木遍其间。
鲜卉四时放，
半天游宇寰。

二

千古悬钟阜，
明垣六百秋。

奇花异木里，
桑海亦悠悠。

三

苍苍钟阜间，
郁郁百秋园。
木可栖神鸟，
花能迷玉仙。

四

钟阜古墙间，
轻波碧浪涵。
五洲花木聚，
沙漠雨林连。

五

北望紫金山，
南观明故垣。
岸边垂柳绿，
波上野凫闲。
蝶舞奇花里，
鸟鸣嘉木间。
五洲唯半日，
四季尽一园。

# 登阅江楼

　　辛丑二月初八，往登下关狮子山阅江楼。狮子山，海拔近八十米，初晋元帝赐名"卢龙山"，后明太祖以为形如狻猊，遂更为"狮子山"。有"狮岭雄观"之誉，为清金陵四十八景之一。其上之阅江楼，七层，高五十余米，江南四大名楼之一，乃二十年前所建也。明初，太祖本欲建之，时记已先成，太祖亦亲作之，然终搁六百余年矣。余登楼远眺，并俯瞰之，则玉宇林立，鳞次栉比；大江东去，滔滔不绝；楼下古垣，蜿蜒而去；墙外金川，飘飘如带。另，山上之炮台，山下之静海寺与天妃宫等，皆见证百年之沧桑也。余立云中，观金陵春色，思绪飘然，千载辉煌，百年屈辱，犹在眼前。返赋《狮子山十首》与此诗。

　　　　卢龙危峙阅江楼，
　　　　空候高皇六百秋。
　　　　玉宇千重云漠漠，
　　　　银河万里水悠悠。
　　　　山前黛瓦寺宫静，
　　　　墙外金川桥榭流。
　　　　百丈遥观天地迥，
　　　　愿驰沙场觅封侯。

# 狮子山十首

辛丑二月八日，往登狮子山，上阅江楼，慨然也，乃作之。

一

狮子山头登玉楼，

遥观江水逝悠悠。

他年鏖战驱陈汉，

留下长垣六百秋。

二

狮山危耸抵丛霄，

万里江涛墙外飘。

百尺高楼眺金阙，

千重玉宇地天遥。

三

卢龙横亘大江边，

婉转高垣六百年。

仰望狮头玉楼耸，

曾经赫赫去如烟。

四

春至金陵烟柳飘，

卢龙山上玉楼高。
远观万宇随江去,
多少豪杰如梦遥。

## 五

狮山远眺大江流,
万宇重重去不休。
多少英雄镂青史,
六朝如梦鸟啾啾。

## 六

狮子山前静海清,
时时警世起钟声。
沧桑六百随风雨,
不叫蟊贼乱我兴。

## 七

狮子山高翠木深,
巍巍巨炮慑敌魂。
古墙蜿蜒江波去,
佑我中华佑我昆。

## 八

宛宛高垣六百秋,
卢龙内耸外江流。
云中极目长空阔,

万幢重楼遍九州。

九

阅江楼下大江流，
一座飞桥连九州。
昔日杀声随浪远，
犹闻静海警钟羞。

十

辛丑直登狮子山，
阅江楼下尽如仙。
百年大辱终无忘，
静海寺钟犹眼前。

## 徐家院三首

辛丑二月廿四，往游徐家院村，地处江宁谷里。绿水青山，屋舍俨然，鲜卉满坡，曲栈凌波。步湖栈，过廊桥，观苍芦，抚绿柳，徜徉于花海，陶醉于乡馔。黄发垂髫，并怡然自乐；游人如织，皆流连忘返也。归赋三首。

一

谷里隐湖山，
田园接碧天。

长坡尽鲜卉,
万顷水光连。

## 二
谷里田园秀,
青山碧水连。
一廊凌浪起,
几栈越波延。
湖畔秋千荡,
舍前飞椅旋。
珍馐又花阜,
八宇访其间。

## 三
谷里有田园,
青山碧水间。
凌波千栈去,
叠阜百花连。
仓廪湖边起,
儿童草上欢。
乡馐闻远客,
日暮不得还。

# 辛丑五月廿九日浦口风雨大作

云压城欲摧,
大雨卷风垂。
窗外雷声震,
檐前溅水飞。
倾盆暗楼宇,
闪电亮须眉。
风雨终归散,
遥途犹可追。

## 二　安徽之咏

### 青龙双河漂流三首

　　庚子六月十九，适初秋，余往宁国，去青龙双河漂流。此地河道狭窄，水澈流急，长约两公里，落差大，刺激多，乃漂流之佳处也。激流飞舟，尖呼不断，时而飞旋，时而撞击，时而跌落，时而搁浅，泼水声，喊杀声，此起彼伏，不亦乐乎，皆孩童也。人生，当豪迈也！

一
飞舟下九空，
犹似驾青龙。
漩水千波起，
杀声一万重。

二
激水放轻舟，
犹如天外游。
漩波一万断，
惊语荡飞流。

### 三

宁国尽青岭，

飞水可漂流。

舟在溪中下，

人于空里游。

一跌叫惊语，

二撞喊慌喉。

激仗云波震，

豪情满九州。

## 储家滩五首

庚子六月十九，余往游宁国储家滩。储家滩，位于青龙乡龙阁村，处于皖南之川藏线，乃画廊也。此地山清水秀，茂林修竹，湖波苍茫，烟雨迷蒙；其垂杨，其飞鸟，其小桥，其流岚，其炊烟，无不令人流连忘返也。储家滩，乃览胜与修身之佳处也。

### 一

青山碧水间，

白鸟没云烟。

柳下轻舟系，

蓑翁不欲还。

## 二

水墨储家滩,
垂杨烟鸟旋。
渔舟碧湖静,
犬吠起深山。

## 三

枫杨起鹭鸥,
烟水泛轻舟。
深岭闻鸡犬,
竹中有玉楼。

## 四

山水储家滩,
风光如藏川。
湖边曳竹柳,
岭上漫岚烟。
云路蜓蜓去,
溪桥脉脉连。
白村闻犬吠,
雨洒鹭鸥旋。

## 五

骋目储家滩,
青山绿水连。

湖边垂柳曳，

荫下钓丝悬。

翁媪桑麻语，

儿童烧烤馋。

梢头白鹭落，

醉里望云烟。

## 恩龙世界木屋村三首

庚子六月廿日，余往游于宁国恩龙世界木屋村。此地山环水绕，轻霭迷蒙；碧湖荡漾，亭台轻浮；玻璃大桥，凌空而起；曳曳索桥，随风摆动；半坡之木屋，则匿于林下，隐隐约约。另有溜索、滑草、漂流等，皆刺激也。步于民族风情园，闻歌，观舞，游乐，亦别具风情也。

一

青阜碧湖白鸟飞，

玻璃桥上眺葳蕤。

御花园里歌声起，

九阙仙娥去又回。

二

青山绿水柳丝垂，

小榭浮波长栈回。

才见木屋坡上隐,
又闻云里玉娥归。

三

四望青山浮远天,
碧湖翠色笼云烟。
木屋隐隐林中匿,
水榭亭亭波上悬。
几座行桥架深谷,
数条溜索挽高峦。
民歌伴舞多游乐,
误把恩龙当御园。

## 西村十首

庚子六月廿日,余往宁国西村,观而叹焉。其地山青水绿,禾田万顷,鸡犬相闻,一片祥和。步于乡道,溪水细流,鱼虾轻跃,时闻蛙鼓,时见秧鸡。村口翁妪,抚猫弄狗,笑态可掬;青枣树下,老屋门前,儿童嬉戏,跳绳悠悠,犹回儿时也。午则食于田家,山头小院,翠竹苍苍,鲜蔬满园,未酒已醉矣。返赋十首。

一

青山映碧天,
绿水似罗衫。

万顷禾苗秀，
竹林飘晚烟。

二

万亩稻田间，
娟娟白鹭旋。
儿童水边戏，
翁媪尽闲谈。

三

西村绕水田，
青稻映蓝天。
林下炊烟起，
秧鸡一阵喧。

四

青山乡落连，
花放稻菽边。
村口长绳跳，
妪翁皆笑谈。

五

青禾万顷田，
园里绿蔬鲜。
一片炊烟起，
农家已备餐。

六
竹海掩青蔬,
田家鸡笋熟。
远观白鹭起,
酌酒话禾菽。

七
初秋水稻青,
村口枣盈盈。
老妪呼鸡犬,
儿童忙跳绳。

八
万亩稻青青,
秧鸡丛里鸣。
山溪忆桑梓,
夏夜看流萤。

九
丛中有蛙鼓,
禾下唱秧鸡。
待到秋收近,
穗垂如线齐。

十
六月到西村,

青禾尚未沉。
秧鸡丛里见，
蛙鼓水中闻。
翁媪愁眉寡，
儿童笑脸纯。
农家为酒馔，
把盏醉闲云。

## 徽开古道

辛丑三月廿一，余往步徽开古道。徽开者，连皖浙，始于徽州，终于开化。余始发于淳安之茶山，夜宿于休宁之白际，翌日异道返之。行于峰岭，挂于九苍，一路溪流瀑响，鸟鸣山幽，穿林莽，观野花，过田园，望村落，无想无念，入于自然。心既净，复何求哉？

徽开接九阁，
万岭抵天门。
溪水行幽谷，
瀑流飞碧云。
田园千尺挂，
楼宇半空轮。
坡上犬声起，

林中禽语闻。
昼驰辞日月,
夜宿数星辰。
古道可心净,
不思朝与昏。

## 宿白际

辛丑三月廿一,余往浙皖,徒步徽开古道,夜宿于白际乡。白际,隶休宁,地处大山之中,乃蓝天与白云交际之处。此地群峰环绕,轻烟弥漫,梯田叠叠,茶园列列,山间小楼,耸耸而立,谷中飞溪,溅溅而下。至时,天渐暗,瀑流而犬吠,蛙鸣而虫唱,佳肴与美酒,醉矣。翌日晨,鸡啼鸟咏,山气清佳,绝于凡尘,不欲归也。产茶、笋,有百丈冲等瀑。

长驱越三省,
白际宿征人。
瀑下溪流响,
蛙鸣虫唱闻。
佳肴释乏倦,
美酒作心神。
道阻昼驰久,
楼高夕梦深。
山鸡催怠客,

林鸟咏良晨。
四岭轻烟起,
田园挂九阍。

## 白际五首

辛丑三月廿一,余步徽开古道,夜宿白际。归赋《宿白际》,另作此绝句五首。

一

千里飞白际,
万峰摩九门。
一溪天水下,
行处起烟云。

二

一条白际河,
飞入万山阿。
岭上千梯挂,
云中玉宇多。

三

白际四山高,
轻岚千岭飘。

鸡鸣九天荡，
飞水下迢迢。

四

峰岭破九重，
溪流百丈冲。
白云没高宇，
犬吠万山空。

五

人言蜀道高，
今见皖岚飘。
白际浮星渚，
天门不再遥。

## 观严池村红豆杉

　　辛丑三月廿二，余步徽开古道，由白际返茶山，过严池村。观之，挂于半壁，悬于半空，其下山谷万丈，深不可测，多土楼、梯田、水池与茶园等。其古木也，尤令人惊诧，其龄之高，其数之众，甚也！仅过而略查之者，则一千五百岁之红豆杉，不下三株，千岁者不下二株，另紫树千岁者一株，冬青三百岁者一株。身处严池，如见六朝也。

曾览金陵不老村，
更闻长寿世间人。

黄楼锷锷田园挂,
红豆乔乔鸟雀吟。
俯瞰万寻临涧水,
仰观三尺捋烟云。
悠悠千载垂垂去,
阅尽沧桑益净心。

## 严池村五首

辛丑三月廿二,余步徽开古道,过严池村,归赋《观严池村红豆杉》,另作此绝句五首也。

### 一

苍山浮九玄,
岭上挂田园。
俯瞰尽云壑,
举头摩昊天。

### 二

天路去重苍,
徽开阻且长。
日出浮半壁,
烟起海中央。

三

溪水万寻下,
田园半壁间。
鸟鸣嘉木里,
犬吠九河边。

四

土楼坡上挂,
涧水谷中流。
木秀浮云里,
天鸡闻玉喉。

五

冬青三百载,
紫树越千年。
更有乔乔木,
六朝红豆杉。

## 过项山村

辛丑三月廿二,余由白际返茶山,途经项山村。项山,挂于半壁,抵于云巅,其下深壑万丈,其上则手可摘星也。茂林修竹,鸡犬相闻,虽处凡尘,而不异仙境也。有项氏宗祠,可瞻也。

徽开古道挂重苍,
半壁烟岚楼宇藏。
鸡犬门前不轻语,
出声唯恐扰天皇。

## 大别山五首

　　大别山,横跨鄂豫皖,处江淮二水间,长约八百里,主峰为白马尖。其山岭纵横,林木苍翠,山花烂漫,鸟鸣交交,云烟袅袅,溪水潺潺。大别山,亦余故乡之所在也,昔红二十五军长征出发地,即余故乡罗山之何家冲也。余于金陵,每往览胜,美哉,壮哉。

### 一

大别别万山,
横亘楚吴天。
白霭浮三省,
鸡鸣二水间。

### 二

列列大别山,
直插云汉间。
白烟绕青岭,
飞瀑挂长天。

三
徒步大别山，
溪流天外天。
深林闻雉雏，
长瀑下白烟。

四
春赴大别山，
长飞白马尖。
杂花映溪水，
岭上起云烟。

五
千里大别山，
林深万岭悬。
他年烽火日，
红色染白烟。

## 皖南十首

　　皖南，钟灵毓秀之地也，每往游之。其山水与田园，其粉墙与黛瓦，其鸡鸣与犬吠，其鸟语与花香，其云霓与落霞，其流泉与飞瀑，皆令人心动也。庚子末赋。其九末拗也。

一

青山叠耸水悠悠，
犬吠声中见玉楼。
岭上茶园飞野兔，
流溪禾稻念徽州。

二

漫步皖南山水间，
粉墙黛瓦傍田园。
三春桃杏红青岭，
菽稻九秋黄碧天。

三

春到皖南青岭中，
菜花片片染云空。
涓涓溪水村边过，
犹似白帆波上行。

四

春至池州暮雨歇，
农家已备酒和蕨。
蛙声尽惹秧鸡咏，
云岭烟溪风醉斜。

五

春雨轻催春笋生，

春茶已醒探头听。
春花不愿落春后,
妆尽皖南春鸟鸣。

## 六

皖南山水美如画,
小谢诗仙皆放怀。
余览白云与苍岭,
以为梦里在蓬莱。

## 七

皖南美景在丛霄,
溪水迢迢飞瀑飘。
梦里依稀青鸟至,
仙人邀我乐昏朝。

## 八

皖山皖水皖南秋,
秋到皖南菽稻收。
金色田园闻犬吠,
农家备酒远人游。

## 九

常步皖南山道间,
蜿蜒直上抵苍玄。
田园隐隐溪流下,
云烟缥缈似神仙。

十

皖南山水可漂流，
夏日千军溪里游。
一片杀声闻九野，
豪情不释不得休。

# 三　台湾之咏

## 溪头三首

　　壬辰六月八日，往游阿里山溪头之景，此地林木苍莽，鸟语花香，其神木红桧，已逾两千八百年。大学池畔，桫椤摇曳，清影婆娑；翠虹桥边，碧叶苍苍，杂花盛开。步曲栈，行幽径，跨山涧，过虹桥，徜徉于山水之中。美哉，溪头！

一
溪头高木深，
神树迓游人。
云里天池水，
亦为华夏魂。

二
高木翠苍苍，
溪头轻霭张。
虹浮碧波映，
万古念炎黄。

### 三

溪头涧水流，
曲径尽通幽。
鸟语高林静，
花香远客游。
清池映云渚，
白霭起烟洲。
四季如仙苑，
从春美到秋。

## 阿里山二首

壬辰六月八日，游溪头，美不胜收。溪头，阿里山之一景也。亦念近代抗西夷与倭寇之英烈也。

### 一

台湾阿里山，
耸入紫云端。
涧水蓝如玉，
峰林青若莲。
身旁烟霭霭，
耳畔鸟娟娟。

长伫瞻神木，

华夏几千年！

### 二

漫游阿里山，

石径栈阁连。

清涧涓涓淌，

高林莽莽悬。

空中鸟声脆，

坡上卉颜鲜。

英烈垂青史，

终为华夏天。

## 观台北故宫博物院二首

　　壬辰六月八日，往观台北故宫博物院，亦名中山博物院，乃中国三大博物院之一也。其藏品约七十万件，含毛公鼎与翡翠白菜等。观之，慨于中华之悠久，傲于中国之博大也，亦叹于近代之磨难也。

### 一

台北故宫琼宇间，

中华宝藏五千年。

可怜多少连城物，

倭寇西夷今未还。

二

昔日适逢多事秋,
中华瑰宝宇寰流。
炎黄儿女当勤进,
两岸同心兴九州。

# 观台北中山纪念馆二首

壬辰六月八日,观台北中山纪念馆,瞻像,思绩,肃然也!

一

鸦片侵华饥殍多,
武昌一役震山河。
不容袁逆乱国体,
青史流芳千古歌。

二

内乱兼逢外患来,
清枷已去共和开。
护国护法护华夏,
瞻望萦萦皆壮怀。

## 台北观楼

壬辰六月八日，往观台北一〇一大楼，亦名台北国际金融中心、台北金融大楼等，其高逾五百米，计一百零一层，望之巍峨，直刺云霄。主体八层一组，层层相叠，呈多节之构，亦可防风防震也。观之，为中华而自豪也。

> 台北有高楼，
> 百层仍未休。
> 举头摩璧月，
> 俯首览神州。
> 雨洒云中没，
> 风吹空里柔。
> 玉皇多丽宇，
> 对此恐含羞。

## 日月潭

壬辰六月九日，余往游日月潭，其地处阿里山以北，能高山以南，隶南投县，旧称水沙连、龙湖、水社大湖、珠潭及双潭等，亦名水里社。此处山峦叠翠，碧波荡漾，湖深水阔，其水面约九平方公里，水深约三十米，乃台湾天然湖泊之最也。以拉鲁岛为界，其北半湖形如圆日，曰日潭，南半湖形如弯月，曰月潭。潭边有寺庙，居民有邵族与布农族等。日月潭，令人流连忘返也！

日月丽乎天，
南投出碧潭。
光辉四山里，
波撼九苍间。
昆岭浮云际，
瑶池飘眼前。
轻舟去银浦，
一曲起白烟。

## 日月潭绝句三首

壬辰六月九日，往游日月潭，后赋《日月潭》诗，再作绝句三首，以尽兴也。

一

南投日月潭，
荡漾万峰间。
浩浩烟波里，

渔歌飘九玄。

二

泛舟峰岭间，

碧水映苍山。

袅袅钟声起，

逐波日月潭。

三

苍山环碧潭，

日月映蓝天。

泛棹轻鸥起，

随波去九玄。

## 观邵族文化村二首

壬辰六月九日，游日月潭，并观邵族文化村。邵族，高山族之一也，居于日月潭畔，以渔猎、农耕及采集等为生，善杵音之舞。其舞翩翩，观之怡然，游人亦舞之也，遂思中华之博大、和谐与多姿也。

一

日月潭边闻杵音，

翩翩邵舞摄心魂。

中华九野五千载，

多少边关多少滨。

二

日月潭波舟影清，
邵人歌咏舞盈盈。
云深客远皆华夏，
一阵杵音烟处行。

## 赤嵌楼三首

壬辰六月十日，往观台南赤嵌楼，亦作赤崁楼、次崁楼。初为荷兰人所筑，后倾圮，今所见者，乃三层中式楼宇也。昔延平王大败荷兰人，并于此受降也。登赤嵌楼，慨中华之崛起，亦叹英雄之西去也。

一

长观赤嵌楼，
岁月似飞流。
遥想受降日，
豪情盈九州。

二

台南赤嵌楼，
几许历春秋。
长剑手中握，

孰得凌九州？

三

赤嵌已非昔，
身着华夏衣。
英雄乘鹤去，
赫赫震西夷。

# 观延平郡王祠二首

壬辰六月十日，余观延平郡王祠，思英雄之伟绩，叹忠魂之可鉴也。英雄虽去，然中华之复兴，必可期也。

一

曾经烈烈战西夷，
休让中华踏虏蹄。
纵使春秋千万载，
依然岱岳不得移。

二

受降赤嵌慑夷酋，
国破东南捍九州。
不惑随君天帝伋，
忠魂万古鉴清流。

## 西子湾三首

  壬辰六月十一,往高雄,览西子湾。其处高雄西隅,寿山之麓,其海滩、礁石与夕照等,皆美也。远望滔滔之潮波,近观翩翩之鸥鸟,海空无际,天海相连,醉矣。西望之,海峡彼岸,乃大陆也。其畔有台湾中山大学与打狗英国领事馆等。

一

天水飞扑西子湾,
千叠万卷没礁滩。
遥观滚滚不得济,
疑是身临河汉边。

二

大陆台湾一水开,
东波西子九河来。
可乘日月凌苍莽,
万里神州定畅怀。

三

西子茫茫天海连,
轻鸥碧水起白帆。
飞云一片悠悠去,

飘过澎湖到闽南。

## 猫鼻头二首

　　壬辰六月十一，往观猫鼻头。其处恒春半岛之东南岬，因礁石之形而名，乃台湾海峡与巴士海峡之界也，其西为东海，南为南海，东则临太平洋，呈两峡三海之势也。此处海潮翻滚，海风呼啸，海鸥飘舞，如蓬莱仙岛，壮阔而优美也。

一

狂风怒卷海潮来，
激荡礁岩飞水开。
南望滔滔千万里，
烟波深处有蓬莱。

二

潮风怒啸卷礁岩，
远眺双峡三海间。
欲越苍茫到蓬阆，
烟波万里没仙凡。

## 鹅銮鼻二首

　　壬辰六月十一，余西别猫鼻头，东往鹅銮鼻，其南为巴士海峡。此处礁石遍布，怪石嶙峋，岸上一灯塔，高十八米，塔身雪白，远望巍峨而莹莹也。远望海潮，千叠万卷，滚滚而来，顿有壮志凌云、长风破浪之感也。

一
风襄潮水卷礁石，
万里洪波万马驰。
白塔危危耸天阙，
夜帆一片返航时。

二
海岬南观鲸浪翻，
沉浮万载浩然间。
男儿当有凌云志，
不破贼师终不还。

# 观三仙台

　　壬辰六月十二，往观台东三仙台。此处礁屿纵横，海潮翻滚，因传铁拐李、吕洞宾、何仙姑曾停憩于此，故名也。有一八拱长桥，跨海而去，连岸礁与海岛，视之，如长虹卧波，亦如飞龙在天。观三仙台，礁屿、海潮、轻鸥、连帆、拱桥等相交织，令人忘返也。

　　叠潮万卷九重翻，
　　一片礁岩波上连。
　　宛宛长桥云水去，
　　危危尖屿海空悬。
　　轻鸥展翅浮高迥，
　　大舰扬帆济浩渊。
　　未晓三仙在何处，
　　欲将宝岛尽游观。

# 观太鲁阁大峡谷二首

　　壬辰六月十二，余往花莲，览太鲁阁大峡谷。其地绵延四十里，连峰高耸，深壑横切，绝壁万仞，飞流千寻。一道蜿蜒，飞驰断崖而去，似浮于九霄，或尽入而为隧，或半出而侧挂，乃天路也。余行于峰岭之中，望一线之天，瞰急流之涧，观轻盈之桥，览迷蒙之霭，醉矣！此地近海，亦邻蓬岛乎？乃仙境也！

一

千峰裂长缝，
两壁入云端。
俯瞰万寻谷，
仰观一线天。
飞流九苍下，
曲隧半空悬。
皆道昆台好，
未如来此间。

二

遥望云中太鲁阁，
烟岚弥漫万山阿。
一条深谷贯苍岭，
几道长流飞玉河。
曲隧迢迢半空挂，
轻桥曳曳九天摩。
此间疑是蓬莱岛，
隐隐似闻仙客歌。

# 观花莲北回归线标志塔二首

壬辰六月,余环宝岛而行,十二日至花莲丰滨,往观北回归线标志塔。见一塔,亦似碑也,银白如雪,高约二十米,中有纵缝,如一柱擎天也。回归,回归,萦绕心头,久久未去也。后作此二首,其一末拗也。

一

云中起大碑,
白似雪垂垂。
龙辇驮红日,
到此必回归。

二

今至北回归,
云中矗雪碑。
游人翘首望,
口里念回归。

# 野柳五首

壬辰六月十三,余驰宝岛之北,往观野柳公园,乃海边之岬角也,多蕈状岩、姜石、蜂窝石与海蚀洞等，甚为壮观。其女王头石，乃蕈状岩也，已逾四千岁矣，如玉女也，楚楚动人，然海风猎猎，其颈已纤纤欲折也。临沧海，览潮波，观礁岩，吹海风，畅然忘返也。亦思史也。

一

一石眺海流，
名曰女王头。
虽越四千岁，
鱼沉花亦羞。

二

野柳玉娥多，
潮波洗万磨。
女王河汉舞，
天水咏叠歌。

三

远望海潮来，
礁岩万蕈开。
人生不如意，
天水荡心怀。

四

狂风卷海潮，
叠浪没千礁。
万载如一瞬，

遥观鸥鸟飘。

五

远望水滔滔，
空中卷大潮。
他年入贼寇①，
华夏复尧尧。

## 台湾绝句十首

一

他年闽浙望台湾，
唯有汪洋鸥鸟旋。
滚滚潮波东向去，
何时游子可归还？

二

闻言大海起瀛洲，
浩浩烟波不可求。
他日飞桥越苍莽，
朝发夕返闽台游。

---

① 入贼寇，指当年西夷与日寇先后入侵台湾之事。

## 三

一叶漂浮东海中，
览如蓬阙与天宫。
轻舟日月烟波渺，
云霭蒙蒙阿里空。

## 四

东海茫茫天水流，
烟波尽处亦神州。
可凭一苇凌苍莽，
阿里山头灵景收。

## 五

吴王拓土至夷洲，
今有鸥鹢叫未休。
待到家国一统日，
放翁应可去悲愁。

## 六

台北玉楼摩九天，
忆昔倭犯起烽烟。
至今仍念丘逢甲，
青史流芳铭万年。

## 七

长望台南赤嵌楼，

西夷倭寇史间羞。
中华复起不得遏，
两岸一心兴九州。

## 八

今去王祠人已空，
千秋仍记郑成功。
蒸蒸华夏孰能止？
他日何忧九野同？

## 九

环越台湾沧海边，
飞驰原野与高山。
潮波溅起濡衣袖，
愿把长弓守汉关。

## 十

台湾西望海潮来，
万卷天波滩屿开。
鸥鸟不明诗客意，
旋旋飘舞为舒怀。

# 台湾行

　　壬辰六月七日至十四日，余于台湾，环岛远足，览山川之胜，海潮之势，慨乎中华之美，亦思史也。归赋之。

东海浩如烟，
洪波宝岛环。
昼驰绝壁侧，
夜宿大潮边。
禅绕中台寺，
雾缭阿里山。
木舟行日月，
天水卷礁滩。
野柳玉娥舞，
垦丁银塔悬。
夕阳照西子，
峡谷嵌花莲。
夷寇犯河岳，
倭贼残宇寰。
中华孰可辱？
长剑戍云关。

## 四　云南之咏

### 游云南民族村

戊戌六月廿四，余游云南民族村，地处滇池之滨。其内水陆交错，村寨相连，鸟语花香，曲径通幽，亭阁与木楼，掩映于苍竹翠林之中，温馨而祥和也。各族之民居、服饰与习俗等，可尽情领略，另可观喷泉、歌舞及大象表演等。傣族之泼水节、彝族之火把节、白族之三月街、傈僳族之刀杆节、纳西族之三朵节、景颇族之目瑙纵歌等，皆令人难忘也。中华多姿，谁不爱中华！

夏日览春城，
滇池玉浪清。
村中起歌舞，
寨里奏笛笙。
才见水花溅，
又观火把擎。
木楞和吊脚，
同为九州兴。

# 苍山三首

　　苍山，位于大理西北，亘于洱海之西。共十九峰，高耸入云，雪峰连绵，轻烟飘舞，巍峨而壮观也。成十八溪，汇入洱海。戊戌六月廿四，余立洱海之滨，远望苍山，雄而秀，有如仙画也！

一

云中起大阿，

远望尽嵯峨。

峰岭飞白雪，

化为洱海波。

二

苍山十九峰，

飞雪望莹莹。

溪水涓涓下，

凭舟洱海中。

三

苍山峙九乾，

横亘北南间。

遥望云中雪，

原为玉女衫。

# 洱海五首

洱海，大湖也，位于大理之郊，苍山脚下。古称叶榆泽、昆弥川、西洱河等，由西洱河下陷而成，因形如人耳，故名洱海。其广逾两百五十平方公里，均深十余米。戊戌六月廿四，余骑行洱海边，至双廊而返，见碧波荡漾，浩瀚无垠，洲屿袅袅，轻鸥旋旋，水天相接也；西之苍山，则高耸入云，雪峰连连，轻烟飘飘，映入水中。余徜徉于湖边，挹其柔波，抚其水草，观其游鱼，望其涟漪，心弛而意惬，不欲归也！

一

洱海浩无边，

烟波接远天。

泛舟霄宇里，

似入九河间。

二

洱海若云渚，

浮于苍岭边。

白鸥鬻天地，

莫可辨霄凡。

三

骑行洱海边，

西望亘苍山。

碧水连天去，
心飞莽莽间。
四
洱海蓝如玉，
镶于苍岭边。
烟波涌洲岛，
隐隐有蓬仙。
五
连峰耸九苍，
一水浩茫茫。
鸥鸟飞云屿，
烟舟浮月光。
遥观天浪迥，
近览岸波长。
人世弗如意，
心同洱海当。

## 夜观大理古城二首

　　大理古城，位于苍山之下，洱海之滨，今所见者，筑于明初，溯其史，则为南诏之羊苴咩城，已逾千载也。戊戌六月廿四，余夜观大理古城，见华灯之下，城垣高大，城楼巍峨；城内则巷陌交错，商肆林立，人头攒动；处处金碧辉煌，流光溢彩，如梦如幻也。行古城之中，观今朝之盛，思千载之史，念桑海之变，颇慨叹也！

一

洱海之滨大理城，

长垣危耸玉楼擎。

悠悠千载烽烟去，

今夜华灯万盏升。

二

仰观玉宇入云霄，

连肆万家人若潮。

千载兴亡与桑海，

今夕举酒醉明朝。

## 望崇圣寺三塔三首

崇圣寺三塔，西枕苍山，东临洱海，一大而二小。中为大塔，名曰千寻塔，建于南诏时，为四方砖塔，高近七十米，凡十六级；南北二小塔，则稍晚于大塔，为八角砖塔，高四十余米，凡十级。戊戌六月廿五，余别大理，于洱海边望之，见其巍然屹立，遂念岁月之沧桑也。千载悠悠，大唐与南诏，皆逝如云烟，昔人亦皆远去，唯余三塔，依然耸立于苍山洱海之间也。

一

苍山洱海九州传，

崇圣佛阁今又悬。

远望云中三塔矗，

可怜南诏已如烟。

二

三塔高悬洱海旁，

千年已逝又何妨。

大唐南诏皆遥远，

唯见云中去九苍。

三

辞行洱海碧波边，

忽见长空三塔悬。

千载悠悠南诏邈，

中华万古似苍山。

## 眺剑湖二首

戊戌六月廿五，余由大理往香格里拉，途经剑湖，于道旁，停而远眺。剑湖，位于大理剑川，属横断山区，为断陷湖。眺之，如玉镜落于九天，澄澈明亮，蓝天白云，尽入湖中；湖畔丘陵环绕，梯田叠摞，远岸一片白楼，绵延悠长，更远处则苍山横亘，直入云霄，均与湖水交相辉映。剑湖，风景如画也！

一

群岭四围一道穿，

远观明镜映蓝天。

白楼片片思银阙，

渺渺烟波鸥鹭旋。

二

远眺汤汤一片白，

九天玉镜落妆台。

田园葱翠多琼宇，

苍岭烟波画障开。

## 金沙江三首

戊戌六月廿五，余驰于香格里拉，行于金沙江畔。金沙江，冲过千峰万壑，沿横断山脉南下，再折而东逝，一泻千里，滚滚不息，纵是五岳亦不能遏也。金沙两岸，尽苍山雪岭，悬崖峭壁；而金沙之水，似长龙蜿蜒，又如黄锦飘扬。余于滇西，数见金沙江水，而于虎跳峡近观，尤震撼也。美哉，金沙！壮哉，金沙！二首末拗也。

一

滇西天路挂危崖，

远眺一江飞涧峡。

千古迢迢滚波去，

赢得诗客赞金沙。

二

余飞万仞断崖间，

俯瞰金沙一线宽。

不肯南行背华夏，

滚滚东折留九原。

三

哈巴危峙玉龙高，

飞水横切轻带飘。

万岭千崖不得遏，

九苍直下浪滔滔。

## 虎跳峡五首

　　戊戌六月廿五，余往观香格里拉虎跳峡。虎跳峡，有香格里拉段与丽江段之分，前者又分上、中、下虎跳峡，余所观者，上虎跳峡也。余立哈巴雪山一侧，见金沙之水，由九天而下，如玉斧轻划，从哈巴雪山与玉龙雪山之间，一跃而泻，遇江石相挡，激荡飞溅，翻滚怒吼，滔滔而去；声似洪钟，震耳欲聋，色如黄绢，千匹万卷；七彩轻虹，浮于惊涛之上，沐于飞沫之中。岸边猛虎，立于巨石，不惧骇浪，跃跃欲跳也；对岸有飞溪与拱桥，皆悬于峭壁之上也。虎跳峡，排山倒海，雷霆万钧，轰轰烈烈，酣畅淋漓。观之，则令人雄心飞扬，壮志凌云，欲乘长风而破万里浪也。

一

金沙滚滚下云空，
激荡千礁耳欲聋。
飞虎纵身一跃起，
哈巴已去玉龙中。

二

虎跳哈巴去玉龙，
一峡滚浪起轻虹。
疑为天水泻银汉，
怒触礁岩激万重。

三

远望金沙河汉来，
礁岩滚水怒中开。
闻言猛虎飞天堑，
留下轻虹落九垓。

四

千古天开虎跳峡，
飞波滚滚卷金沙。
纵得万岭不能遏，
直泻九河出断崖。

五

玉斧轻划峰岭间,
金沙滚滚泻云天。
一跌低谷飞千瀑,
再撞高岩激万漩。
声似洪钟碧霄响,
色如黄绢彩虹弯。
沸波溅起濡星月,
唯有凌空猛虎弹。

## 香格里拉五首

戊戌六月廿五,余往观香格里拉,即原中甸也。其地处横断山脉,金沙江流经,风光秀丽,有普达措国家公园、独克宗古城、虎跳峡等景。徜徉香格里拉,所见者,雪峰高悬,峡谷幽深,天路宛转,云雾飘飘,江水滔滔;而森林湖泊、草甸鲜花、蓝天白云、雪峰佛塔等,亦交相辉映也。其好客之藏民,洁白之哈达,迷人之歌舞,亦令人难忘也。香格里拉,人间天堂也!

一

雪山耸入碧云中,
滚滚金沙下九重。
天路蜿蜒挂绝壁,

玉楼一片似星宫。

二

金沙断壁雪峰高，
山路回旋上九霄。
玉宇千重寺钟远，
湖中苍岭淡烟飘。

三

高山列列雪峰白，
天水金沙千谷开。
淡霭轻云漫琼宇，
不来中甸畅何怀？

四

壮似金沙虎跳峡，
柔如枝上女萝纱。
雪山天路抵星阙，
烟鸟碧湖飘晚霞。

五

藏家晚宴舞旋旋，
踏踏连声酒已酣。
尽献哈达宾主敬，
余音三日醴如泉。

## 独克宗古城二首

戊戌六月廿五，往观独克宗古城，亦称月光之城，位于香格里拉，金沙江畔，已逾千载矣，今所见者，重建也。大龟山上，大佛寺危耸入云，禅烟袅袅，转经筒则金色灿灿，高壮如楼；大龟山下，楼宇千重，叠叠不休，其北为花巷，多藏式彩绘与木雕等。有红军长征博物馆。远望古城，思绪万千，慨叹良久也。

一

遥望悠悠独克宗，

大龟高耸碧云中。

转经筒下楼千幢，

佛寺轻烟袅袅升。

二

大龟山下月光城，

千载悠悠独克宗。

昔日红军征战苦，

金沙横渡又一空。

# 普达措十咏

戊戌六月廿六,余游普达措国家公园,其地处香格里拉建塘镇,由碧塔海、属都湖和弥里塘牧场等构成。其处有苍峰雪岭、森林草甸、湖泊湿地、河谷溪流等,一片原始之貌也。余行长栈,徐徐而游,见蓝天如靛,白云飘曳,牧草葱翠,牛马成群,碧水澄澈,林木莽莽。一路溪水淙淙,湖波如镜,望碧草,观酥油花,逗松鼠,闻鸟唱,穿杉林,照清影,看水边枯木。其林中之长松萝,重重叠叠,一望无际,如须,似雾,若纱,又像梦,垂垂,袅袅,飘飘也。此间美若天堂,谧如仙境也!又花开花落,木枯木荣,皆在轮回之中,乃叹天地之永恒,人生之渺小也!

一

蓝天碧水野凫飞,
绿草茵茵天马追。
一曲林歌溪谷静,
枝头袅袅女萝垂。

二

苍岭绵绵鸟语回,
潺潺溪水草垂垂。
属都湖上波如镜,
碧塔海中云在飞。

三

湖波湛湛映苍山，
袅袅松萝挂满杉。
长栈折折去何处，
天荒地老渺然间。

四

远望碧湖溪水间，
野花盛放草如烟。
白云飘曳牦牛静，
鹭鸟轻飞苍岭边。

五

四面苍山一水间，
碧波微漾映蓝天。
轻烟袅袅浮洲屿，
曳曳小舟飘九玄。

六

群山苍翠水蓝蓝，
远处清波枯木悬。
寂寂孰知多少岁？
野凫飞入碧林间。

七

轻步湖边林莽中，

松萝长挂水溶溶。
人间天上不得辨，
烟霭蒙蒙霄宇空。

## 八

长步云中普达措，
疑为仙画落人寰。
蓝天翠岭湖波净，
碧草白烟牧水边。

## 九

远望雪峰浮碧空，
近观翠岭入湖中。
苍苍牧草冰溪澈，
天马常思下玉宫。

## 十

远望长空普达措，
苍山崿崿雪峰遥。
属都湖里天浑止，
碧塔海中云漫飘。
鸟咏林间嫩枝翠，
鱼飞波上老株焦。
荣枯生死轮千古，
牧草葱葱溪水迢。

## 观普达措酥油花二首

　　戊戌六月廿六，往观普达措国家公园。溪湖边，草甸间，多酥油花，观之苍苍，若海也。叶翠，状如芭蕉，可裹酥油；花黄，形似秋菊，可引蜂蝶。寂寂而生，又寂寂而灭，不知多少春秋，唯有清风吹拂，白云飘曳，溪水流波，鸟儿歌唱。叶荣叶枯，花开花落，岁岁年年，年年岁岁，莫相问也。

一
牧草苍苍碧水清，
酥油花放寂然中。
云烟飘过鸟声去，
莫问轮回多少重。

二
翠叶黄花寂寂间，
不知今夏是何年。
但闻风起流溪动，
欲送清芳到宇寰。

# 眺巴拉格宗大峡谷二首

　　巴拉格宗大峡谷，位于香格里拉尼西乡，与碧壤峡谷共为香格里拉大峡谷，有格宗雪山、巴拉村等，下有岗曲河流经。戊戌六月廿七，余由普达措至丽江，过之，停而远眺。见悬崖峭壁，直入苍穹，万仞之下，深谷悠悠，碧水滔滔，蜿蜒而去，绵绵不绝；崖壁之上，云烟弥漫，玉楼高挂，天路盘旋，直接雪峰。壮哉，巴拉格宗！美哉，香格里拉！

## 一

远观长谷万寻深，

直下丛霄入地心。

断壁轻云玉楼挂，

一条烟路到天门。

## 二

远眺滇西苍岭中，

一条深壑裂长空。

白烟雪顶云波逝，

闻道仙娥下帝宫。

# 眺丽宁十八弯五首

戊戌六月廿七，余由丽江至泸沽湖，途经丽宁十八弯。停而远眺，见金沙江畔，悬崖陡峭，苍岭高峙，天路盘旋，折折千回，直上九霄；如玉带环绕，若白藤攀缘，如蛛网，又若蚕丝，轻浮于云烟之中，飘荡于天地之间也。可观止矣！

## 一

天路盘旋断壁边，
折折直上九重间。
金沙滚滚腾幽壑，
激水溅湿千道弯。

## 二

金沙之水荡千岩，
两岸断崖飞九玄。
天路盈盈似轻带，
随风飘舞满山间。

## 三

金沙两岸耸千山，
远望一条玉带旋。
原是云中挂天路，

折折万里挽霄渊。

四

金沙一泻万山间，
两岸云崖天路盘。
未晓回旋多少次，
但观九野尽弯弯。

五

远眺金沙出断崖，
叠叠苍岭万寻拔。
一条银带随风舞，
千转白藤缘壁爬。
蛛网盘盘轻羽系，
蚕丝绕绕玉人发。
云烟袅袅浮霄宇，
天路直通仙客家。

## 摩梭之舞

戊戌六月廿七，余至泸沽湖畔，夜观摩梭人之甲搓舞，亦名锅庄舞。时细雨蒙蒙，中燃篝火，舞者一列，不分男女，侧身互挽，五指相扣，应节摆动，环环前行，时而半圆，时而一圆，或慢，或快，笛声悠扬，轻歌曼舞，明快而粗犷也。摩梭之夜，不眠之夜也；摩梭之舞，无酒而醉也！

泸沽湖畔雨蒙蒙，
篝火熊熊染碧空。
曼舞频接妆夜色，
轻歌叠起奏笛声。
玉环霓曲还心悯，
飞燕新装也面红。
纵是灵霄终有散，
甲搓流布万年中。

## 泸沽湖十咏

戊戌六月廿八，余乘摩梭人之舟，荡漾于泸沽湖上。泸沽湖，古称鲁窟海子，亦名左所海、亮海，呈马蹄形，为滇川之界湖。湖边有摩梭人村落，木楞房临水而建；湖中有小岛，其里务比岛、谢瓦俄岛、里格岛并称泸沽湖之蓬莱三岛。湖波荡漾，浩瀚无边，轻烟袅袅，水鸟飘飘，四围苍山入水，山水相映，水天相接。湖中，开满海菜花，亦名海藻花，俗名水性杨花，莹莹而浮，洁白如玉，如满天之繁星也。摩梭双桨，划波而去，飘于浩渺之中，如浮万仞之九苍也。登里务比岛，观滇川之分界，望远浮之苍岭，瞰清澈之湖波，醉矣！此非人间，乃仙境也！

一

远望群峰耸九天，
一湖碧水笼白烟。

轻鸥袅袅旋苍屿,
疑是蓬山飘此间。

## 二

苍峰合耸马蹄边,
浩浩烟波鸥鸟旋。
一叶扁舟泛霄宇,
不知今日是何年。

## 三

苍岭四围飘九阊,
汤汤碧水万寻深。
小舟摇曳浮天地,
一片白花醉我心。

## 四

泸沽湖里水清清,
海菜花开思夜星。
渺渺烟波任舟远,
几只鸥鸟舞盈盈。

## 五

泸沽湖水浩无涯,
波上浮开海藻花。
涣似天星白若璧,
疑为蓬岛玉人家。

六

泸沽浩瀚可浮槎，
烟屿疑为仙子家。
白蕊清波去河汉，
飞鸥袅袅翥夕霞。

七

格姆神山峙九玄，
后龙长入浩然间。
摩梭双桨划波去，
一片白烟飘远天。

八

烟波浩渺翠峰连，
一水飘浮两省间。
海菜花中轻浪起，
小舟摇曳泛滇川。

九

浩瀚泸沽翠屿连，
烟波草海荡银湾。
里格入水思蓬阆，
风雨木楞缥缈间。

十

千岭叠叠浮碧天，

一湖荡漾渺然间。

乘槎飘浪飞银渚，

登屿临风寻玉仙。

点点白花波上洒，

盈盈雪鸟雨中旋。

悠悠万古云烟没，

不慕蓬莱慕此边。

## 登里务比岛

戊戌六月廿八，余乘摩梭人之舟，荡漾泸沽湖，并登里务比岛，位于湖之中南。上有里务比寺，及一白塔，林木茂密，鲜花盛开，水鸟翩飞，轻烟袅袅。登高四望，烟波浩渺，苍岭重重，疑非人间也。

一屿漂浮碧水间，

轻鸥袅袅倚风旋。

烟波荡起摩梭桨，

云浪折回独木船。

寺里青香伴钟逝，

林中白塔向天悬。

远观渺渺连苍岭，

不在人寰在九乾。

# 拉市海十咏

戊戌六月廿八，余往游丽江拉市海，其地处玉龙山下，拉市坝中部，名为海，实为大湖也。观之，碧波浩渺，茫茫无际，白云入水，水天相接；多水草，有海菜花，莹莹点点，随波飘荡。余泛舟于拉市海，望峰岭遥遥，观白云飘飘，看鸥鸟飞旋，闻长篙入水，似浮于九苍也。一支纳西曲，心已醉矣。荡漾拉市海，亦觉天地悠悠，万物渺然也。

一

泛舟拉市海，
荡漾九霄间。
苍岭藏波下，
白花水上连。

二

弥望水苍苍，
烟波碧草长。
舟行花海里，
篙入细涟张。

三

舟行浩渺间，
波上草如烟。
鸥鸟水中落，

白云飘耳边。

四

轻舟滑草中，
水面寂无声。
波下白云过，
飞鸥浮碧空。

五

烟波浩渺间，
草动鸟关关。
一阵清风起，
涟漪去远天。

六

舟浮拉市海，
不辨水同天。
轻鸟长空翥，
却于波下旋。

七

舟过轻篙起，
波推水草开。
一支纳西曲，
早已醉心怀。

八
蓝天入水中,
波荡浩无穷。
一片轻鸥起,
小舟浮九重。

九
白云波下飘,
万里水天遥。
夕照洒金色,
流光辉九霄。

十
遥望浩无边,
群峰浮远天。
白云波下曳,
碧草水中连。
三鸟旋双羽,
一舟飘九乾。
忽觉人与物,
千古渺然间。

## 拉市海茶马古道二首

　　戊戌六月廿八，余等于拉市海边，骑行茶马古道，循前人之足迹，慨历史之沧桑。马铃悠悠，马蹄得得，跨千载之时空，行崎岖之小道，昔人已去，唯蓝天白云，苍山碧水，依然如故耳。

一

茶马道茫茫，
千年越九苍。
回观拉市海，
碧水浩汤汤。

二

千年茶马去，
古道已萧萧。
唯有云中水，
依然鸥雁飘。

## 夜观丽江古城六首

　　丽江古城，地处丽江坝中部，始建于宋末元初，已逾八百秋矣。古城依山傍水，有玉河流经，河网密布，街巷交错。戊戌六月廿八，余夜至丽江，遂往观之，乃玉楼重重，巷陌深深，流光溢彩，金碧辉煌，小桥流水，笙歌燕舞，人于城中走，犹在画里游。珍馐珠玉，琳琅满目，应有尽有。有四方街、木府、五凤楼等，另有徐霞客纪念馆等。千年茶马，悠悠而去，纳西文化，源远流长。丽江古城，令人心驰神往，而又流连忘返也！

一

夜览丽江城，
流光粲粲中。
小桥溪水去，
玉宇几千重。

二

古城八百秋，
溪过万重楼。
玉影随流水，
人于画里游。

三

流光照九霄，
万宇水迢迢。
千巷笙歌起，
一城玉馔飘。

四

溪边木宇多，

仰望尽嵯峨。
远客不思蜀,
小桥闻玉歌。

五
丽江皆玉楼,
溪水四方流。
木府存忠义,
千重六百秋。

六
夜灯明丽江,
灿灿若霞光。
高宇飞檐去,
小溪流水扬。
千年过茶马,
万肆货珠裳。
八百随风雨,
重重木府藏。

## 观楚雄跳菜二首

戊戌六月,余游滇西,廿九日返,过楚雄,午餐时遇彝家跳菜,幸也。玉盘叠叠，或头顶，或口含，随曲而舞，旋旋而至，或二人相配，皆娴熟而多趣也。

一
空中托玉盘，
曼舞跳席间。
再奏淫淫乐，
珍馐客已馋。

二
彝家跳菜香，
手口玉盘忙。
舞乐旋旋至，
笑声飘满堂。

## 观腾冲热海十首

己亥正月初四，往观腾冲热海。其地四面环山，中有澡塘河流经。无论谷中，抑或峭壁，终年热泉喷涌，蒸汽腾腾，烟霭弥漫。其烟袅袅，其声沸沸，其形跃跃。入谷不远，流瀑飞泻，其旁之蛤蟆嘴，则劲射长空，绵绵不绝；谷中美女池，碧波荡漾，澄澈如玉；岭上大滚锅，滚滚翻腾，热气如烟；另有鼓鸣泉、姊妹泉、珍珠泉、怀胎井等，或壮，或柔，皆颇值一观。昔日，徐霞客亦游观于此。此地既为热海，亦为仙境也！

一

溪水淙淙飞瀑流，
花开峭壁壑悠悠。
热泉滚滚漫蒸汽，
千载遥遥无止休。

二

山青水碧谷深深，
热海坡崖溪瀑闻。
蒸汽腾腾漫天阙，
惹得仙女下凡尘。

三

小桥流水瀑飞飞，
烟谷深深苍岭回。
蒸汽弥弥热泉涌，
遥观花木尽垂垂。

四

热海溪边美女池，
一泓碧水玉京知。
仙娥三五泉中戏，
笑语盈盈飘四时。

五

一水如锅滚滚煎，

色如碧玉汽如烟。
人间纵有枭杰在，
临此中心恐怵然。

六

半壁一池清水出，
万千细泡万千珠。
盈盈闪闪浮岩隙，
化作轻烟化作无。

七

峭崖高壁未萧凉，
姊妹双泉四季忙。
寂寂无须掌声起，
沸腾千载暖重苍。

八

岭上朝夕闻鼓鸣，
一泉沸水九苍腾。
千军万马不得见，
唯有驰奔沙场情。

九

飞瀑隆隆泻澡塘，
万条沸水射重苍。
蛤蟆涎口喷千尺，

只是天鹅已北翔。
十
远望杂花染翠山,
澡塘河谷漫轻烟。
沸泉跃跃岩中涌,
蒸汽腾腾空里悬。
千处滚池澄似月,
一泓热海碧如天。
徐翁昔日临喷水,
吼虎发机尽此间。

## 和顺古镇十首

和顺,腾冲古镇也,始建于明初,因屯戍而成,已逾六百秋矣。原名"阳温墩",后因小河绕村,改名"河顺",再改"和顺"。此地四面环山,中为盆地,呈马蹄形,田园巷陌,鸡犬相闻。明清以降,所存古居较多,兼有中外风格,另闾巷、亭台、寺祠等亦不少。己亥正月初五,余往游之,恰油菜盛开,一片金黄,灿灿千里也;小巷,楼宇,溪流,碧湖,鲜花,烟柳,水车,歌舞,祥和而安宁也。亦为侨乡,闻名遐迩,另有滇缅抗战博物馆等。

一
河顺亦和顺,

青山合小城。
田园览如画,
古巷永而宁。

二

四望苍山峙,
田园接玉楼。
菜花香万里,
溪水小桥流。

三

坡上楼千幢,
溪边阡陌连。
黄花开万亩,
亭下捣衣传。

四

绵绵坡上楼,
迤逦映溪流。
沙场为阡陌,
遥遥六百秋。

五

溪水淙淙去,
柳丝拂若烟。
古居来远客,

蔚蔚木高悬。

## 六

和顺野鸭湖，
苍山水下浮。
长堤曳烟柳，
水碓响连珠。

## 七

浩浩野鸭湖，
轻舟波上浮。
堤前舞歌起，
林下客舒舒。

## 八

门前春柳摇，
故院已迢迢。
游子远天际，
年年乡绪飘。

## 九

他日戍边关，
悠悠六百年。
家园入倭寇，
万里远征歼。

十

　　四望尽苍山，

　　一盆浩浩间。

　　旧宅坡上耸，

　　古巷宇中穿。

　　灿灿黄花放，

　　淙淙碧水连。

　　捣衣传万里，

　　似念远游还。

## 观龙江特大桥五首

　　龙江特大桥，地处横断山脉，介于保山与腾冲间，横跨龙川江河谷，下有龙江流经。为钢箱梁悬索桥，长约五里，宽逾三十米，桥塔高百余米，桥面距谷底约三百米。己亥正月初五，余由大理往腾冲，途经此桥，遂停而观之。远望大桥，浮烟飞架，凌空高悬，双塔耸耸，千索垂垂，飞车疾驰，径入云霄；桥上俯瞰，万仞之下，长谷迢迢，江水滔滔；桥下仰观，桥面桓桓，延延而去，直通九天也。危乎高哉！雄乎壮哉！

一

　　浩浩龙江万丈深，

　　一桥飞渡入烟云。

　　垂垂千索悬天阙，

双塔莹莹去九门。

二

龙江桥塔入云霄,
千索悬垂轻霭飘。
俯瞰滔滔叠浪卷,
飞车已去畅如雕。

三

仰望龙江特大桥,
长虹万米半空飘。
纵得鹊渡云河架,
不似超然远浪涛。

四

余步龙江大桥上,
下观滚滚浪涛流。
犹如万里飞云汉,
轻霭随波漫未休。

五

遥望飞桥架天堑,
悬悬直去越滔滔。
双绳宛宛云中曳,
千索垂垂空里飘。
举首轻岚过白塔,

低眉深涧映苍霄。

余浮长谷驰峰岭，

豪气万寻凌九皋。

## 翁丁古村六首

　　己亥正月初六，往观翁丁古村，隶沧源县勐角乡，乃佤族原始部落也，已四百余年矣。村寨依山而建，错落有致，计百余户，皆为茅屋，或干栏式，或落地式。远望之，茅屋重重，蹊径条条，林木葱葱，轻烟袅袅；多古榕、毛竹，鸟语花香，鸡犬相闻。有佤王府，颇为雄伟；另有木鼓房、撒拉房、寨桩、人头桩、牛头桩、女神图腾桩等。佤乡好客，善歌舞，甫入寨门，即见列队相迎。然辛丑正月初三，村寨不幸失火，几焚毁殆尽矣。痛哉！惜哉！

一

翁丁古寨隐苍山，

茅舍千重观若烟。

木鼓声声起歌舞，

悠悠四百雨风间。

二

牛首层层古木高，

茅屋一片望如涛。

人生似返几千载，

火种刀耕天地遥。

三

远望翁丁古树乔,
木楼茅顶错如巢。
佤王府里威仪在,
几处歌声云下飘。

四

青岭白云佤寨藏,
牛头高挂木苍苍。
火塘不灭地天久,
一片茅庐垂九阳。

五

古寨遥遥四百秋,
满坡草舍去无休。
可怜一炬随烟灭,
痛定重来不用愁。

六

甫入翁丁牛首悬,
随闻歌唱响村边。
鲜花灿烂蜂蝶舞,
古树葱茏鸟雀喧。
座座茅屋坡上聚,

条条蹊径寨中连。

火塘木鼓佤王府,

四百春秋风雨间。

## 勐梭龙潭十首

　　己亥正月初七,余往游勐梭龙潭,其地处普洱西盟县城之南,为雨林湖泊。湖中碧水苍苍,轻屿漂浮,四围则青山遮掩,翠林倒映。湖畔木栈宛宛,曲径通幽,伏木卧水,枯株浮悬,有树抱石、千指树、相思树等景。西岸峭壁上有龙摩爷圣地,为佤族祭祀之处,悬挂牛头数千,其间有溪瀑飞泻。另有大片荷塘、湿地等,碧草离离,青荷懿懿,鸟语蛙鸣,一派生机。远望龙潭,白云水下飘,青山水中倒,天水相连,山水相接,乃人间之瑶池也!

一

翠木苍山掩碧湖,

波心轻屿小舟浮。

林边长栈飘瑶水,

可去天宫览玉壶。

二

波中小屿草苍苍,

翠岭青峰水里藏。

斜木伏枝掠清影,

几只白鸟已飞扬。

三

碧水苍苍映远山，
湖边野径蔓藤悬。
秋千一荡飞明月，
恍若昔时童趣还。

四

龙潭湛湛若瑶池，
蹊径幽幽日影湿。
树抱石边志如岳，
相思树下念相思。

五

浩浩碧湖苍色环，
水边伏木已枯干。
山河万里留行迹，
人世沧桑终若烟。

六

连山倒映水泱泱，
芦苇荷花草甸长。
木栈石阶禽语脆，
青苔返景寂苍茫。

## 七

绿水苍苍玉璧清,
白云翠岭掩波亭。
山溪飞瀑淙淙下,
几处青丛和鸟鸣。

## 八

碧水汤汤苍岭高,
龙摩爷里瀑流飘。
万千牛首空中挂,
一阵肃然临九霄。

## 九

波如明镜碧天遥,
潭下白云缓缓飘。
高岭低林岸边映,
原为瑶水落重霄。

## 十

西盟南望水汤汤,
翠岭高悬入九苍。
碧草离离落白鸟,
青荷懿懿举红芳。
波中小屿浮天地,
湖畔长山映浩洋。

木栈凌空掠崖去,

不觉已在玉人乡。

## 娜允古镇五首

　　娜允,隶普洱孟连县,为傣族古镇,已七百余秋,有孟连宣抚司署。沿南垒河畔,依山而建,由上而下,呈三城两镇之布。另有上城佛寺、中城佛寺与孟连总佛寺。宣抚司署,在上城高处,为干栏歇山式楼宇,观之富丽堂皇。登之远眺,一片古居,重重叠叠,迤逦而去,令人慨然也。另有酸角数株,皆数百岁,枝叶婆娑,长果垂垂。己亥正月初八往观,归赋之。

一

三城两镇三佛寺,

人事沧桑七百秋。

南垒逶迤玉楼耸,

白云依旧去悠悠。

二

煌煌中上两佛寺,

昔日平民难进香。

远望河波去依旧,

春光人面尽和祥。

三

游观熠熠总佛寺,
大殿流光金塔悬。
疑是行于天阙里,
闻言才晓在人间。

四

宣抚司中衙署高,
重楼叠起抵云霄。
长空临远三城美,
七百春秋似九韶。

五

宣抚司旁酸角高,
乔乔古木耸云霄。
娑娑细叶垂垂果,
数百春秋滋数朝。

## 老达保村五首

己亥正月初八,余往观老达保村,隶澜沧县酒井乡勐根村,为拉祜族村寨。全寨聚于一坡,干栏木屋,重重叠叠,鸟语花香,处处可得。远眺,则白云飘飘,田园如画。甫入寨中,便有歌舞相迎,其芦笙舞,踏踏而旋旋,动感颇足,游人亦跃跃欲试也。闻歌,观舞,再饮美酒，醉矣！老达保村，令人忘返也。

一

苍山萦绕路千回，
掩掩长开三角梅。
木舍重重坡上挂，
半空起舞碧云飞。

二

一面高坡千舍悬，
鲜花开在碧云间。
村中跳起芦笙舞，
远处田园挂满山。

三

一路田园一路茶，
满坡木舍满坡花。
歌声叠起白云曳，
空里芦笙和舞发。

四

一路春花坡上行，
木屋错落犬鸡鸣。
回观谷里梯田广，
山顶忽闻歌舞声。

五

远观山壑尽田园，

仰望木屋坡上悬。

曲径折折交里落，

鲜花灿灿映云天。

几声犬吠空中荡，

一阵禽鸣梢下传。

踏踏旋旋起歌舞，

芦笙美酒醉翩翩。

## 宿景迈山三首

己亥正月初八，夜宿于惠民镇康馨饭店，地处景迈山，隶普洱澜沧县。夜饮普洱茶，卧闻窗外鸣虫溱溱。晨鸟催起，于雍雍声中，观白雾翻滚，弥漫苍岭；远处茶山，轻纱袅袅；继而红日冉冉，金光洒洒。景迈山，如梦似幻，乃仙境也。

一

夕栖景迈山，

虫唱助酣眠。

晨起白烟涌，

千峰苍屿连。

二

普洱玉杯香，

夕栖景迈旁。

晨观云雾起，

红日洒金光。

三

薄暮飞行景迈山，

夜栖半壁莽苍间。

夕虫杂唱催酣梦，

晨鸟合鸣醒懒眠。

窗外千峰白雾涌，

云中万岭绿茶连。

茫茫水墨浮天地，

不是仙宫亦是仙。

## 观景迈山云海十首

　　己亥正月初九，余由康馨饭店出发，前往翁基古寨，一路烟岚袅袅。行至一高坡，恰有观景平台，遂停览云海焉。见苍岭翠壑间，白烟浮滚，汤汤万里，似天河涌动也。云海中，唯余点点秀峰，似洲屿漂浮，亦似小舟摇曳，而大水则涤荡翻卷，欲隐而现，欲现而隐，虚无缥缈，观若蓬山，又如仙宫也。云海间，似有仙娥飘舞，余等立于崖边，亦飘飘欲仙也。景迈山，如诗如梦，令人观止，乃人间仙境也！

一

远望白烟如海潮，
滔滔浮卷漫丛霄。
苍峰隐隐余孤屿，
恰似蓬莱波上飘。

二

万壑千山白霭飘，
泛泛大海卷风潮。
蒙蒙烟屿浮天阙，
一苇轻航凌九霄。

三

万寻苍壑漫白烟，
千岭唯余孤岛悬。
远望云天竟一色，
疑为身在玉宫间。

四

苍岭叠叠景迈山，
一条银浦贯其间。
河中小渚随波荡，
犹似扁舟泛九天。

## 五

游目泱泱云海连，
白烟袅袅涌长天。
浑浑霄宇皆银阙，
凡客纷纷成上仙。

## 六

景迈连峰起玉烟，
滔滔大海漫苍玄。
欲寻仙子比天地，
仙子粲然浮眼前。

## 七

景迈苍峰景迈烟，
时舒时卷浩然间。
未临蓬岛和昆岳，
愿隐此山一万年。

## 八

白霭翻翻去九苍，
飘飘飞鸟浪中翔。
孤洲浮在银河里，
愿做天宫垂钓郎。

## 九

骋观不见万山阿，

唯有滔滔千卷波。
苍屿时出又时隐，
海边袅袅似仙娥。
十
遥望重山不见峰，
茫茫一片九天空。
白波卷卷浮云下，
绿屿飘飘隐浪中。
万丈深渊犬清吠，
千叠大水鸟幽鸣。
疑为梦里飞银浦，
远处莹莹似帝宫。

## 翁基古寨五首

己亥正月初九，余往游翁基古寨。翁基，地处景迈山，隶澜沧县惠民镇芒景村，乃布朗族村寨也，产普洱茶，已逾千年。古寨建于山坡，林木苍翠，鸟语花香，木楼凌空，鳞次栉比。其上为古寺，旁有一翠柏，已逾两千五百载，观之，苍翠婆娑，高耸入云，其干粗壮，如天柱也，可数人合围。多梯田、茶树、毛竹等，因处景迈山中，亦多云海。翁基，世外桃源也！

一

景迈苍峰云海翻，
一坡比比木屋悬。
翠竹古柏掩佛寺，
普洱飘香千载间。

二

远眺翁基坡上悬，
鳞鳞木舍幽径连。
鲜花盛放茗香溢，
犬吠鸡鸣古寨间。

三

俯瞰幽幽苍壑深，
半坡古寨犬声闻。
干栏木瓦歇山顶，
门外踏歌迎客人。

四

木屋栉栉翠山高，
袅袅白烟峰壑飘。
古树苍竹坡上挂，
千年村寨掩云霄。

五

远望苍苍景迈山，

千峰万壑起白烟。

翁基村寨林中隐，

布朗干栏坡上悬。

鸟语花香百檐下，

鸡鸣犬吠九玄间。

古茶古寺人长久，

不是天神也是仙。

## 观翁基古柏

己亥正月初九，余游翁基古寨，于坡上佛寺旁见一翠柏，枝叶苍苍，直入云霄，其干粗可数人合抱，其龄逾两千五百秋矣。皇皇乎！泱泱乎！

景迈群峰浮海潮，

翁基半壁淡烟飘。

坡中翠柏两千载，

空里苍枝一万条。

粗可庞庞比天柱，

高能暴暴抵云霄。

幽幽古寺长相守，

俯眺茫茫九野遥。

## 观中缅界碑二首

　　己亥正月初九，余往勐海县打洛镇，隶西双版纳，地处中缅边境。于打洛口岸及勐景来等处，观二一八、二二〇、二二九等中缅界碑，感慨万千也！

一

手抚界碑中缅间，
心潮滚滚望江山。
遥思边史几千载，
多少英雄浮眼前。

二

几处界碑双手摩，
边关曲水绕苍阿。
男儿应志驰疆场，
青史留名万世说。

## 观打洛口岸二首

　　己亥正月初九，余往勐海县打洛镇，观中缅边境之打洛口岸。见国徽高悬，国旗招展，乃心潮澎湃，热血沸腾也。巍巍中华，万古长安，凛然不可犯也！

一

国徽高挂碧云飘，

长望中心滚热潮。

万里边关有飞将，

胡蹄不叫破良宵。

二

仰观打洛把边城，

春日迟迟千里晴。

万古神州尽如画，

丈夫应去立国功。

## 观远征军无名英雄纪念碑二首

己亥正月初九，余往观打洛中国远征军抗日作战遗址，其处有一无名英雄纪念碑。遥想烽火岁月，倭寇肆虐，国难当头，中华儿女，跋山涉水，入缅作战，或于中缅边境斩杀倭贼。无名英烈，血洒疆场，虽死犹生，永垂不朽也！

一

无名烈士碑，

长望泪垂垂。
万里杀倭寇,
终得魂魄归。

二

昔日远征军,
倭贼悸悸闻。
青山埋战骨,
万载亦忠魂。

## 独树成林三首

己亥正月初九,余游于打洛,往观独树成林之景。皆曰:单丝不成线,独木不成林。而此古榕,龄逾千载,高可摩天,枝繁叶茂,郁郁葱葱,其长根数十,亦壮粗如株,垂垂如瀑,绵绵如篱,已蔚然成林矣。奇也!慨也!

一

孰言独木不成林?
试看长空叶蔽云。
根落垂垂下飞瀑,
枝擎莽莽鸟鸣深。

## 二

遥观枝叶错云霄，

一列垂根长瀑飘。

疑是深林鸣鸟聚，

原为独木举昏朝。

## 三

一树苍苍枝叶浓，

垂根万米挂云空。

莫言昔日弱如草，

数百春秋风雨中。

# 勐景来五首

  己亥正月初九，余夜宿勐景来之香莲主屋，翌日游观村寨。勐景来，中缅边境之千年傣寨也，隶西双版纳勐海县打洛镇，有打洛江流经，江边有二二九号界碑。寨中木楼枞枞，鲜花洇洇，塔林闪闪，流水潺潺。村寨和谐，富庶，秀美，有古传作傣锦、傣纸及酿酒、制陶之术等，善歌舞，近年多为外人所知也。十日，寨中有婚宴五处，热闹非凡，新人有娶自老挝者。青山碧水，田园巷陌，鸡鸣犬吠，鸟语花香，勐景来，令远人忘归也。

## 一

夜宿边村勐景来，

林禽朝唱万花开。
干栏列列凌空起，
古寨风情尽畅怀。

二

晨览千年勐景来，
塔林一片万屋抬。
田园旖旎村如画，
异域新人笑语开。

三

傣寨千年中缅边，
田园屋舍塔尖悬。
锦织白纸闻佳酿，
远客沓来山水间。

四

勐景来边打洛江，
奔流中缅水汤汤。
界碑穆穆寂然里，
多少丹心别故乡。

五

千年古寨碧云飘，
打洛江流过小桥。
闾巷干栏犬声近，

田园阡陌鸟音遥。

林中金塔映苍岭，

池里红莲拂绿绦。

长抚界碑心肃肃，

男儿应志守边郊。

## 观西双版纳傣族园五首

己亥正月初十，往观景洪西双版纳傣族园，地处澜沧江畔。内有傣寨、寺庙、佛塔，终年草木葱翠，鸟语花香。多见竹楼、孔雀与大象；亦可闻傣歌、观傣舞、闹泼水等；或骋目龙得湖，飞驰澜沧江。傣族园，可游乐，不慕仙也。

一

林中傣女舞轻盈，

花下常开孔雀屏。

远处忽闻闹声起，

万人泼水释豪情。

二

古寨竹楼空里悬，

林中佛塔映蓝天。

才观泼水万人闹，

又见玉娥轻舞旋。

三

古寺灼灼佛塔长,
玉羞花果尽飘香。
林中傣寨腾空起,
云女娟娟飞水扬。

四

千年傣寨翠林芳,
佛塔尖尖斜影长。
泼水观花言孔雀,
飞舟再去骋澜沧。

五

千年古寨碧江环,
金塔苍林花满园。
大象闻歌鸟观舞,
孰惜天阙做神仙。

## 飞驰澜沧江六首

己亥正月初十,余往景洪,观西双版纳傣族园,并飞舟于澜沧江上。澜沧之水,碧波浩渺,舟驰若飞,浪开如潮,似浮于云空,骋于天地也。舟飞,心亦飞!驰于江上,远望边陲,亦叹山河之壮丽,中华之巍然也!

一

澜沧潾潾放飞舟，
水面犁出万丈沟。
闪闪白波快如电，
碧云苍岭远天流。

二

澜沧江艇快如飞，
白浪翻腾两岸推。
大水滔滔似银汉，
欲驰万里到天陲。

三

飞舟如电掣澜沧，
卷起白波去九阳。
万里烟涛骋天地，
凌空直上览扶桑。

四

浩浩澜沧烟水宽，
一舟飞越碧云间。
江潮翻滚濡轻鸟，
波送苍峰去远天。

五

飞舟如箭掠江涛，

白浪翻翻卷大潮。
欲越边关千万里，
中华水墨可逍遥。

六

澜沧江里水滔滔，
桥索如丝波上飘。
一片白光浪潮卷，
飞舟已逝去云霄。

## 观景洪星光夜市五首

己亥正月初十，日暮时，往观景洪告庄之星光夜市。其地处澜沧江畔，华灯闪烁，玉楼璀璨，碧波荡漾，画舫摇曳，流光而溢彩也。其大金塔，高耸入云，光芒四射，金碧辉煌。其街巷交错，而乡馔、服饰、珠玉等琳琅满目，应有尽有。余等徜徉其间，看人头攒动，望星光灿烂，闻丝竹管弦，品饕餮盛宴，乐如孩童，醉如仙客，不知今夕何年也！

一

澜沧江水夜茫茫，
一片星光映九苍。
尽是珍玩与乡馔，
此间孰愿念天堂？

二

大金塔顶闪苍玄，
江水流光夜语喧。
美酒珍馐使人醉，
今宵谁去慕神仙？

三

星光闪闪映澜沧，
玉宇辉辉巷陌长。
疑是天宫看花眼，
今夕远客醉他乡。

四

澜沧夜市闪星光，
醉眼蒙眬饮异乡。
再看儿童去何处，
路边分抢烤虫忙。

五

景洪江畔水滔滔，
夜市流光人似潮。
醉里惜无大鹏羽，
以邀玉帝下丛霄。

## 那柯里茶马古道五首

  那柯里，山村也，亦古驿也，地处宁洱县同心镇，乃茶马古道之一站，已千余载矣。此处苍岭峨峨，溪水潺潺，木楼枞枞，水车舁舁，另有风雨桥、马鞍桥、连心桥、同心亭、碾子房、马跳石等，不唯风光秀美，亦能发幽古之思。己亥正月十一，余等往观，并由此而发，徒步茶马古道。返时不欲重路，遂另择他途，竟迷道焉。众议之，乃大部原道而返，少则探路续行，余亦其间也。上茶岭，越丛林，披荆棘，下滑坡，终得道而返也。古道茶马，遥遥而去，得得而归，虽逾千载，犹在眼前。那柯里，令人流连也！

一

  古驿千秋萦翠山，
  木楼一片碧空悬。
  水车舁舁溪流去，
  风雨桥头茶马连。

二

  木楼叠峙岭苍苍，
  溪水淙淙古道长。
  回望千年那柯里，
  依约茶马去遥乡。

### 三
寻道迷失茶岭间，
随坡直上抵蓝天。
回观万仞如丝缕，
越过丛林楼宇悬。

### 四
古道蜿蜒苍岭间，
溪流飞溅峭崖悬。
茶山耸入蓝天里，
仍见千年石板连。

### 五
一驿千年风雨间，
重重木宇岭中悬。
连心桥下流波淌，
马跳石边崖壁延。
云栈迢迢烟漠漠，
水车辣辣磨环环。
悠悠古道铃声渺，
唯有蹄痕和万山。

# 野象谷十首

　　西双版纳野象谷,地处景洪之勐养镇。己亥正月十一,往观。其地山丘连绵,溪谷蜿蜒,雨林密布,鲜花盛开;三岔河水,流淌涓涓;野象如仙,隐没其间,难觅其踪也。谷中有云栈,亦有索道,余步栈徜徉,未见象形,仅闻其声耳。然目之所视,耳之所闻,手之所抚,皆自然也,亦惬意也。另观兰花园、蝴蝶园、驯象表演等,亦闻傣歌,观傣舞,足矣!

## 一

密林苍莽布叠丘,
长谷蜿蜒溪水流。
云栈飞铺碧空里,
依约野象远坡游。

## 二

遥观林莽覆山阿,
飞栈凌空三岔河。
野象琵琶半遮面,
唯闻远处有声播。

## 三

四望谷中林莽深,
树冠飞栈鸟声闻。
不知象面去何处,

三岔河间流水浑。

## 四

长栈迟迟览象形，
云深林密只闻声。
纵然寻觅万千度，
唯愿逍遥绝世中。

## 五

长谷密林闻象声，
花香鸟语水淙淙。
徐行高栈望新绿，
身似顽童心也清。

## 六

木栈长行寻野象，
林深难觅笑中还。
得失未必如人语，
闻鸟观花不啻仙。

## 七

寻象不得无怅然，
雨林深处有兰园。
长根垂挂湿空里，
五彩花开多玉仙。

八

睡莲池畔有蝶园，
白帐高高明碧天。
破茧之时孰在意？
翩翩飞舞美人怜。

九

丛林盛放曼陀罗，
形似喇叭白若波。
不是人间本毒物，
其实初性最婀娜。

十

四望丛林接碧霄，
千丘苍翠雨云飘。
兰花懿懿飞蝶起，
荷蕊盈盈鸣鸟娇。
谷里水波流脉脉，
空中木栈去遥遥。
象踪难觅何须惘，
傣舞翩跹傣女娆。

# 观墨江北回归线标志园三首

己亥正月十二，余至普洱墨江，往观北回归线标志园。其处依山而建，一线穿之，蝉鸣鸟语，绿树成荫，有回归之门、太阳之路、夸父追日、日月交辉、日晷计时、窥阳塔、哈尼取火台等景，颇值一观。余观之，亦思绪飘然，由天文而及人生也。

一

一条细线越苍山，
北上火轮须返还。
夸父昔时逐未遂，
不如守在墨江间。

二

驮日龙车北向飞，
墨江不上必南归。
人心驰骋万千里，
当进无缩当退回。

三

北回归线火阳还，
四季轮回万古间。
人世沧桑未如意，

墨江定可阔心田。

## 滇池十首

戊戌六月，己亥正月，余两游滇西，亦两去滇池，前雨而后晴。戊戌时，夏雨淅淅，烟霭蒙蒙；己亥则春风大作，万鸥翻飞。滇池，水波浩渺，浮空接天，其广不尽，其趣无穷，乃人间瑶池也！

### 一

滇池雨望雾蒙蒙，
大水苍苍接远空。
翠岭轻浮雪纱里，
几只飞鸟翅如弓。

### 二

滇池夏雨伴风飘，
舟系芦边随浪摇。
山色蒙蒙浮九阙，
水波滟滟去云霄。

### 三

东坡诗语美西湖，
雨望滇池亦若珠。
鸥鸟飘飘御风去，

轻纱如梦远空浮。

四

滇池浩瀚雨鸥游，
空岭烟波一叶舟。
愿问天皇赊玉露，
再将眉月做鱼钩。

五

雨来一夜涨滇池，
渺渺烟波望若诗。
一苇漂浮迓蓬阙，
捋须把酒醉于斯。

六

滇池浩浩碧云游，
空里万只红嘴鸥。
愿以千金借双羽，
一飞河岳览神州。

七

春望滇池云水连，
长堤直去九阳间。
波中点点夜星眨，
原是飞鸥浮万千。

## 八

滇池碧水荡青山，
亘亘长堤接九乾。
风助轻鸥浮天地，
玉人举手掌中旋。

## 九

大风呼啸卷重涛，
远望滇池鸥鸟漂。
一样万千天地舞，
游人结队举嘉肴。

## 十

滇池风卷水无边，
青岭琼楼飘九玄。
波撼长堤去云渚，
舟驰大浪到蓬山。
万鸥飞舞叠声脆，
千客游呼重手悬。
欲向天庭沽玉酒，
醉将瑶阙比人间。

## 滇西物景二十首

戊戌夏秋之交，己亥初春之时，余两去滇西。大美云南，物景多姿，不一而足，仅道一二而成诗也。

### 一

遥望滇西峰岭高，

万坡连片尽香蕉。

山峦波动飞飞去，

翠色叠叠似海潮。

### 二

飞越滇西万岭间，

云中甘蔗覆千山。

苍苍无际随风雨，

弥望尽觉空里甜。

### 三

远望滇西横断山，

半空苍岭挂梯田。

云烟千古弥天阙，

犬吠知为尘世间。

四

高岭叠叠深谷折,
毛竹苍翠万山阿。
轻烟飘曳半空里,
千卷波涛传九河。

五

深壑苍峰云海多,
飘飘轻漫半山阿。
远观连屿潮波起,
不是滇西是玉河。

六

万壑千山烟霭飘,
陡坡直上去云霄。
半空列列茶园挂,
普洱流芳古道遥。

七

滇西美景画中来,
一夜春风油菜开。
北客离家尽飞雪,
黄绫舞浪万千排。

八

长越迢迢苍谷间,

朱缨花放惹人怜。
犹思沙场角声起,
一骑绝尘敌寇寒。

## 九
横渡金沙苍岭高,
半空赤色染丛霄。
木棉耸入云岚里,
疑是烟花爆夜郊。

## 十
滇花似锦木蕤蕤,
空里叠开三角梅。
紫色潮波千万卷,
疑为仙女舞裙飞。

## 十一
滇西深岭半空悬,
吊脚楼浮轻霭间。
万户叠叠坡上挂,
翠竹古木鸟娟娟。

## 十二
深涧急流横断山,
滇桥长架岭崖间。
金沙飞渡澜沧越,

踏遍千峰与万川。

十三
一树苍苍大果榕，
万实累累干枝丛。
世间奇异寻常在，
只是生涯太遽匆。

十四
苍山横亘大江流，
千古滔滔逝未休。
最喜金沙东向去，
心心不愿弃神州。

十五
四望滇西崇岭高，
云中耸耸雪峰飘。
上达九阙灵霄侧，
下瞰万寻幽涧遥。

十六
飞越西双版纳间，
丛林高岭碧天连。
香蕉甘蔗千山去，
直到澜沧国界边。

## 十七

遥观版纳橡胶林,
山岭葱葱草木深。
手抚界碑多慨喟,
曾经往事尽萦心。

## 十八

长观版纳旅人蕉,
孔雀开屏接昼宵。
大圣无须借芭扇,
风来空里尽飘摇。

## 十九

滇西林莽赤如丹,
火焰树旁开木棉。
七彩人寰何处有,
金沙两岸岭峰间。

## 二十

滇西小院木瓜高,
墙上火龙连树梢。
篱外垂垂羊奶果,
酸甜已在两颊飘。

# 滇西行

　　戊戌六月，己亥正月，余两游滇西。所见者，高山峡谷、云海雪岭、大江平湖、草甸雨林，及木楼、寺塔、梯田、茶垄、歌舞、牦牛、大象、孔雀等，壮而美也；其壮巍巍，其美娟娟，皆令人观止而忘返也。

滇西两度远足还，
秀壮仍留夜枕间。
深谷千寻涧涛滚，
断崖万仞雪峰悬。
条条天路云中去，
座座江桥空里连。
长瀑飘飘下银阙，
大湖漾漾掩青山。
蒙蒙蒸汽热泉涌，
涣涣流溪冰水涵。
草甸牦牛柔若梦，
丛林野象秘如仙。
葱葱茶垄浮轻霭，
列列梯田挂峭岩。
油菜迎来彩蝶舞，

鲜花送走碧波喧。
一坡木舍鸣鸡狗，
几树风枝逾宋元。
驿站枞枞马铃逝，
栈阁落落鸟声环。
悠悠巷陌遗坊肆，
赫赫土司消雨烟。
古塔辉辉日光映，
故居静静月轮圆。
遥思英烈战倭丑，
近抚界碑回汉关。
亦念徐翁览河岳，
叹持妙笔绘人寰。

# 五　其他

## 洞头仙叠岩观海十首

　　己亥十月十四，往观温州洞头仙叠岩，此地礁岩磊磊，如仙人所叠也。穿乱石，步飞栈，观沧海，见滚滚潮波，叠叠翻卷，其声如雷，其势可排山也。崖上有海防巨炮，守巍巍中华，如金汤也。归赋之。

### 一

礁屿叠叠撒海中，
一条飞栈挂云空。
惊涛万卷天边起，
千古潮波震九宫。

### 二

徐步洞头云栈中，
叠岩杂错耸长空。
潮波万滚天河下，
洗尽礁滩溅玉宫。

三

潮水万排云汉来，
礁岩洗尽浪花开。
仙人游历归何处？
骋望叠叠定畅怀。

四

飞栈蜿蜒东海边，
潮头激荡震礁岩。
凌空远望天波起，
万古重重云里悬。

五

远望惊涛千万排，
天边横滚下云来。
直激礁屿溅星月，
还有余音留九垓。

六

东海滔滔下九霄，
远帆若叶鸟飘飘。
凌空飞栈叠岩侧，
巨炮如雷鸣浪涛。

七

洞头高栈望丛霄，

滚滚飞来万卷潮。
礁屿直激几千里，
震得日动月轮摇。

八

潮水连天涌万排，
云中横滚浪皑皑。
叠岩悬栈涛声动，
惊沫直飞溅炮台。

九

仙客何年叠海岩？
海岩何月萃仙山？
但观银汉天波起，
滚滚潮头卷万滩。

十

遥观东海摞叠岩，
飞栈凌空宛宛悬。
云里苍苍洪水起，
天边滚滚大波连。
浪高直可湿明月，
声巨轻能抖碧山。
长炮巍巍崖上锁，
中华万古亦安澜。

# 登洞头望海楼

己亥十月十四,往登洞头望海楼,观海,思史,感而赋也。望海楼,初为刘宋永嘉太守颜延之所筑,后毁,今人乃重建之,高三十余米,巍峨耸立。登楼,海景一览无余,颇为壮观,而壮志亦油然而生也。

峨峨望海楼,
百尺耸烟洲。
云下潮波起,
天边鸥鸟游。
浪激飞霁月,
声响震牵牛。
千载悠悠远,
滔滔永未休。

# 洞头大沙岙观海三首

己亥十月十四,往游温州洞头,于大沙岙观海,感于海潮、沙滩与礁岩等,返而赋。

## 一

东海滔滔潮卷云，
万排滚水下天门。
长滩一泻白如雪，
千古雷声九阙闻。

## 二

远望海天一片白，
滔滔滚水九玄来。
万排直卷礁滩上，
洗却千雕溅满怀。

## 三

礁山宛转入潮中，
一片金滩连海空。
风月送来千万卷，
愿逐大水到天宫。

## 夏雨晚步二首

庚子六月十七，将暮，骤雨欲歇。步于林边，闻蝉鸣蛙唱，感而作也。

一

暮雨尚无歇,

鸣蝉声已接。

应为怕秋早,

恐背夏时约。

二

细雨洒林间,

土蛙合唱欢。

闻声莫嫌吵,

一世短如烟。

## 梦游鸡雏山

辛丑正月廿八,夜梦,入一深山,直耸云霄。崖陡,上阔,街市井然,田园棋布,商贾往来,翁媪劳作。中有碧湖,水波浩渺;多烟岚,袅袅而漫。湖边询一人,曰此为鸡雏山,亦名鸡雏公。徘徊间,醒之,而梦中所观犹记也。其地何处?实耶,幻耶?凡耶,仙耶?不得知。翌日,记之以诗。

悠然遥望有深山,

直入青云至九乾。

街肆纵横商贾聚,

田园错落妪翁芟。

一湖碧水念银浦,
几岭白烟思玉仙。
或曰鸡雏不能忘,
觉时犹忆梦中观。

## 春咏十首

辛丑二月初四,步于溪边柳下,闻鸣禽婉转,观枝头花绽,诗兴遂萌,乃作五绝十首以记春也。

一

闲步翠林间,
一禽鸣满园。
春风拂绿柳,
花瓣落亭前。

二

枫杨斜水边,
桃蕊放丛间。
枝上流莺唱,
清波倒影连。

三

春柳细丝长,

轻拂近水塘。
多情小鱼跃,
留下数纹张。

四

溪头二月兰,
紫色映蓝天。
三两蝴蝶至,
不知停哪边。

五

春至海棠开,
满园粉色来。
清风香万缕,
仙女羽衣裁。

六

门外数桃蕾,
邻家花已开。
清风一阵起,
香瓣越墙来。

七

溪柳细丝绿,
春桃花已开。
多情笑崔护,

人面未曾来。

八

鸟咏绿杨枝，
春花落满池。
离人每伤感，
见此泪痕湿。

九

绿柳映春池，
桃花挂满枝。
黄鹂梢上咏，
婉转使人痴。

十

坡上山花绽，
田间油菜黄。
春溪雨来紧，
一涧尽芬芳。

## 春感三首

辛丑二月五日，感于春而作也。

一

二月步花丛，

花飘溪水中。

春花终有尽，

流水却无穷。

二

闲步入芳林，

梅花已隐身。

道旁溪水岸，

桃蕊灿如云。

三

一阵清风起，

花零知几何？

问春春不语，

溪水送流波。

## 茶山村

  辛丑三月廿一，余步徽开古道，始于茶山村，夜宿白际，翌日再返茶山。茶山，隶中洲镇，属淳安县。此地群山环绕，峰岭入云，中有溪水，潺潺而汤汤也。于山头眺之，白屋如帆，碧水如带，轻烟冉冉，红旗招招。昔为红军战斗之地，今有纪念馆。英雄，可敬也！

茶山四望岭中开,
盘古悠悠天斧裁。
千片白屋雪帆去,
一条碧水玉带来。
鸡鸣能醒九霄客,
犬吠可闻八宇豺。
昔日红旗曾漫卷,
今朝依旧畅心怀。

## 闻老叟自语天堂言感赋二首

辛丑季夏,某日薄暮,余下砖阶,见一老叟亦下之,然蹒跚迟迟,边下边自戏曰:"下站何处?天堂也。"余闻,思久矣。归赋此也。

一
下除逢叟戏独言,
闻见天堂心愕然。
岁月蹉跎半生去,
唯余寂寂小诗篇。

二
一翁自谑阶间语,
下站天堂奈若何。

纵使千年终得逝，
余生唯愿骋山阿。

# 庚子冬杂兴五十首

一

庚子冬将尽，
休持晓镜观。
观时霜满鬘，
尚可去天山？

二

月黑驰大江，
人世尽仓忙。
多少金陵梦，
依约回故乡。

三

秦淮冬夜长，
遥望月苍苍。
多少千年事，
姗姗过女墙。

四

江北望江南，
相隔一水间。
归时伴星月，
星月笑余繁。

五

冬后雨绵绵，
风烟瑟瑟间。
忆昔征战苦，
万里佑河山。

六

人云交友难，
一二亦足焉。
腹有诗书在，
何须借誓言。

七

人生近五十，
犹似日迟迟。
两鬓霜花起，
梦中天马嘶。

八

今岁疫如魔，

虽伏寰宇多。
烟波行万里，
还梦旧山阿。

九

又驰扬子江，
举首水茫茫。
千载孰能会，
诗怀波下张。

十

豆蔻绽梢头，
为学双目忧。
昔时亦年少，
烟岭牧黑牛。

十一

昔年穷且困，
相遇笑弥弥。
飞雪惹双鬓，
邻家皆远离。

十二

异人逢卫贾，
质子做秦君。
瑟瑟冬风里，

黄花孤自芬。

### 十三

冬日雨淅淅,
人车我步移。
寒烟渍疏叶,
唯有鸟轻啼。

### 十四

一齿常酸动,
冬来小酒疏。
蹉跎惜岁月,
梦里笑金乌。

### 十五

我本牧南山,
远学杂事酸。
酸酸莫回首,
回首断肠间。

### 十六

冬至木萧条,
良禽枝上谣。
无声风乍起,
最恶是鸱鸮。

十七
今又警笛咽，
犹闻倭寇嚣。
男儿当策马，
万里举长刀。

十八
嫦娥飞月轮，
取壤复回身。
人世如秋草，
冬枯总念春。

十九
杂事总缠身，
有时烦我心。
人生喜慷慨，
万里谒天门。

二十
冬来夜常梦，
多现少年时。
半百成一瞬，
可怜昔愿迟。

二十一
昨夕风怒号，

残叶尽辞梢。
唯有冬竹翠，
苍苍岭上摇。

二十二
夜行冬岭边，
疏叶雨中悬。
纵使明朝落，
傲然苍莽间。

二十三
人有妒能心，
听之如未闻。
林中杂雀噪，
鸿雁去苍垠。

二十四
金陵初雪飘，
洒洒似茸毛。
万古如约至，
可怜一瞬消。

二十五
有人怜路猫，
寒雪没纤腰。
多少风中客，

古来酸泪飘。

二十六
五夜有猫嚎，
凄声彻九霄。
心惊不成寐，
犹似梦慆慆。

二十七
海外起干戈，
九州如曲和。
遥思疆场事，
梦里骋山阿。

二十八
别离已卅秋，
冉冉届白头。
多少无端泪，
潸潸梦里流。

二十九
梦里每心惊，
觉来常抚膺。
人生未如意，
世事有弗平。

三十
近来天骤寒,
瑟瑟未成眠。
遥念彭泽令,
孤杯冷夜间。

三十一
余尝游鄂西,
攀岭似登梯。
人世有艰险,
缩缩则寡奇。

三十二
世人多感伤,
忧事断愁肠。
拨散浮云去,
明光洒九苍。

三十三
雪后蒲公英,
黄花孤自清。
古来多寂寞,
何必意浮名。

三十四
子夜望苍穹,

冰轮挂九重。
日行八万里,
一粒运长空。

三十五
养子昔防老,
今则啃老多。
冬风萧瑟里,
白发背如驼。

三十六
昔有索余者,
今多如路人。
一生行大道,
何必理浮云。

三十七
尾生昔抱柱,
事亦赋长干。
有似手翻覆,
却还谈玉环。

三十八
程门曾立雪,
交口颂千秋。
路有逢师者,

举头观玉楼。

三十九
无官夫若何？
不必对人阿。
月夜花间饮，
晨思梦里歌。

四十
余已半生贫，
夫贫又若何？
远方驰九野，
旋返赋诗歌。

四十一
人生未可松，
终了却成空。
且去辛酸泪，
长歌烟雨中。

四十二
昔日旧逢道，
吟吟关暖寒。
而今谈笑里，
三句话房源。

四十三
四时生冷暖,
世事有炎凉。
不必长慷喟,
豪怀荡九苍。

四十四
余行河与山,
烟渚似云巅。
河可涤心魄,
山能荡腑间。

四十五
冬至北风寒,
黄河冰塞川。
英雄多坎坷,
千古几人怜?

四十六
人皆喜多子,
多子又如何?
临老相推却,
寒夕泪似沱。

四十七
梦中回故乡,

池水网鱼忙。
未意身为客,
半生征路长。

## 四十八
人有好为诗,
为诗必典之。
可怜千古句,
偶觅笔端辞。

## 四十九
人喜奉承语,
相逢言好阿。
古来多少事,
未可尽如说。

## 五十
余步野池边,
冬禽水上闲。
遥思五十载,
碌碌半生间。

# 庚子杂感五十首

### 一

庚子春来抗疫多，
未如昔岁骋云阿。
梦中五岳成烟渚，
万里河山万里歌。

### 二

三月江南碧色连，
采薇乃念首阳山。
不食周粟垂千古，
长望葳蕤今世惭。

### 三

烟花三月染湖波，
垂柳轻拂黄鸟歌。
未意人生九秋至，
还当春色最婀娜。

### 四

春来溪水谷中流，
两岸杜鹃啼未休。

欲卸一身憔与悆,
吟诗醉酒卧烟舟。

## 五

白瀑林飞湿杜鹃,
汀洲烟柳雨绵绵。
人生何必总烦恼,
放眼春光心自宽。

## 六

梅子黄时阴雨连,
苍山溪谷水溅溅。
莫言没有江河势,
冲过丛林天地宽。

## 七

夏雨潇潇迎面来,
欲寻前路眼弗开。
人生坎坷孰能测,
霁月光风应畅怀。

## 八

徐步山林秀色垂,
溪波宛转鸟声回。
紫红一片随天去,
多少风流解绶归。

九
秋夏常行林野间，
物华红翠染云天。
可怜寂寞无人问，
依旧花开绿满山。

十
夏夜尝观萤火飞，
流光点点雨星垂。
殷勤蛙鼓不得止，
只怕未秋灯已吹。

十一
夏来雷闪雨滂沱，
江水滔滔卷巨波。
人世苍苍莫凄惘，
扬鞭沙场著竹帛。

十二
林野深秋一片红，
叶如霞绮染苍穹。
应为最美人间色，
尽管冬来终是空。

十三
秋山秋水映秋空，

万里江涛滚滚东。
虽道人生去如露，
应须壮美似秋红。

十四

曾思万里觅封侯，
独至秋江空望流。
鸥鸟不知临水意，
一声惊断戍梁州。

十五

闲游秋岭野实多，
林下丛中散满坡。
知命未如而立愿，
湖边鹭鸟守清波。

十六

独行江渚小舟横，
红叶飘零疏雁声。
知是西风秋欲尽，
可怜破浪竟无成。

十七

日暮山林秋意凉，
鸟归巢静月如霜。
莫愁寂寂风萧瑟，

晨至红梢更莽苍。

十八

布谷声声秋野凉，
叶红无尽水苍苍。
曾经塞外南飞雁，
历睹萧萧战马扬。

十九

大江弥望水茫茫，
云去叠波滚滚张。
瑟瑟冬风尽流泪，
廉公老矣叹鸥扬。

二十

北望江涛逝未休，
连帆东去没烟洲。
悠悠千古云波永，
只是韶华如水流。

二十一

远望寒江冬水流，
芦花袅袅举梢头。
冷风瑟瑟群芳谢，
依旧如秋舞未休。

## 二十二

冬入山林万木凋，
偶闻高鸟远枝谣。
清心本是寥中事，
不必人潮不必箫。

## 二十三

冬雪独行碧水边，
枯荷尽没月光寒。
两只白鸟闻声起，
灵动源于一瞬间。

## 二十四

冬临大雪落纷纷，
徐步江山成玉人。
归去尽失来处路，
欲行白净到天门。

## 二十五

一夕冬雪万山白，
不辨石丘和土台。
骋目茫茫江渚渺，
余行天地似浮埃。

## 二十六

大雪纷飞浦口间，

丘山一片月娟娟。
曾经驰马弓刀冷，
深夜单于遁北天。

## 二十七
风如野马鸟声绝，
大雪一夕人迹歇。
愿把长弓驰漠北，
单于不敢漠南瞥。

## 二十八
梧桐叶落雨疏疏，
野草茸茸已萎枯。
寂寂寒冬终有尽，
春来绿色映山湖。

## 二十九
平生所好已无多，
小恙年来未敢酌。
美酒金樽辜玉馔，
忆昔微醉越山阿。

## 三十
小恙突发欲断魂，
人生曾虑不及春。
明朝犹可行烟渚，

纵使狂风卷雨云。

### 三十一
古来多好赞梅花,
万物凋零独傲发。
余叹寒冬不择境,
溪头岗上尽为家。

### 三十二
雪飞麻雀列枝丫,
还忆儿童树上爬。
莫怨喳喳耳边噪,
唯余此鸟最思家。

### 三十三
冬望烟洲枯苇垂,
野凫轻起暮云飞。
人生无处不风景,
心有山川终有归。

### 三十四
余驰林道步伐轻,
每见耄耋沉重行。
无奈人生似朝露,
未如豪迈至凋零。

三十五
深冬溪水少流波，
细柳萧萧枯色多。
唯见桃枝已积蕾，
烟花三月最婀娜。

三十六
遥望深冬草木疏，
春来四野尽芜芜。
人生不顺当豪迈，
踏遍丛棘是坦途。

三十七
冬山林莽似枯凋，
细看青芽尽满条。
人世亦须多定力，
逆时不弃必尧尧。

三十八
冬至龟蛇皆匿眠，
北栖候鸟尽南迁。
莫愁前路已绝处，
自信无垠天地宽。

三十九
大江东去水汤汤，

两岸高楼摩九苍。
知命容身唯陋室,
且诗且酒亦何妨。

### 四十
近览史书流徙多,
人生苦楚为谁说。
秦皇汉武皆余冢,
唯有诗歌与小酌。

### 四十一
北望金陵八卦洲,
一江二水逝悠悠。
烟波送走尧和舜,
唯有轻鸥起未休。

### 四十二
冬来草木已萧条,
曾把秋实挂满梢。
漫漫人生终有尽,
莫教双手仅寥寥。

### 四十三
长立桥头眺远洲,
汤汤江水去无休。
人生已半流光逝,

千帆竞渡起飞鸥。

四十四
年少田园牧水牛，
不觉已至帝王州。
依稀梦里身为客，
还忆儿童乡野游。

四十五
江雨霏霏江水流，
雪帆一片雪鸥游。
唐宗宋祖随风去，
只是烟波不懂愁。

四十六
远望浩弥烟水长，
舍舟不愿过乌江。
英雄已去垂千古，
万世犹思楚霸王。

四十七
漫步钟山林道间，
蓁蓁草木远尘寰。
人心应似长空阔，
垒垒高陵在眼前。

四十八
人届中年小恙多,
耳鸣目涩齿牙挪。
梦间还欲酬高志,
无奈周身难道合。

四十九
本欲春来去远游,
可怜肺疫使人忧。
旧年正月宅家里,
新岁梦中驰九州。

五十
古云大隐在朝市,
心远而无车马喧。
不慕山僧不夸道,
唯思五柳尽余年。

## 金陵怀古三十首

一
栖霞飞峙大江南,
渔火秋枫去万帆。

千古悠悠华盖邈,
还闻袅袅暮钟传。

## 二

寒风瑟瑟大江流,
白浪滔滔行巨舟。
铁锁未能长建业,
唯余鸥鸟起无休。

## 三

吴帝江东开六朝,
石城依旧俯波涛。
孙陵岗上梅千树,
唯有春风识故包。

## 四

宛宛高墙锁应天,
蛾眉弯月后湖悬。
遥思六百凭烟雨,
多少风流不复还。

## 五

春绿江南柳色新,
台城玉宇已无寻。
秦淮依旧烟波去,
不见王家迎渡人。

六

聚宝门前烟柳扬，
秦淮西逝水苍苍。
石头城下轻帆过，
不觅当年射虎郎。

七

淮水悠悠烟柳长，
华灯夕照帝王乡。
曾经瓷塔风铃动，
依旧钟声飘九苍。

八

鄂鄂后湖神策门，
匏瓜坡上锁乾坤。
风流已去烟波起，
细柳轻鸥念旧人。

九

秦淮波曳长干里，
细柳如烟鸥鸟旋。
千古家国多少事，
犹闻城破后庭间。

十

钟山万仞抵云霄，

俯瞰金陵琼宇遥。
千载如烟伴风去,
唯余江水浪滔滔。

十一

燕王南渡入金陵,
一炬皇宫史未清。
六百春秋没烟雨,
秦淮依旧水盈盈。

十二

细雨霏霏烟柳垂,
后湖轻舫玉声回。
凝脂千载随波去,
依旧荷芳鸥鸟飞。

十三

后湖烟柳掩高墩,
千载衣冠念景纯。
多少风流镂青史,
纵然碎骨亦忠魂。

十四

春至后湖杨柳新,
烟波浩渺醉诗魂。
小洲轻舫飞鸥起,

太子书声已不闻。

### 十五
淮水汤汤烟柳飘,
古墙宛转箭楼高。
台城不见明宫没,
唯有旧时眉月遥。

### 十六
春来柳绿杏花飞,
淮水盈盈烟鸟回。
六百明宫没幽径,
东风伴雨草蕤蕤。

### 十七
千载金陵淮水长,
故宫渺渺耸高墙。
乌衣巷里风流去,
明月依然挂九苍。

### 十八
秦淮西逝水迟迟,
六百明宫余础石。
桑海悠悠车马处,
曾经甍宇柳如丝。

十九

太白曾眺凤凰台，
烟渚轻浮江水开。
凤去台空人已没，
唯余东逝浪皑皑。

二十

金陵千载杏花村，
小杜清明沽酒闻。
依旧春来杏花放，
风流已去雨纷纷。

二十一

烟雨蒙蒙烟柳飘，
六朝如梦玉人凋。
麒麟天禄今犹在，
只是君王皆已遥。

二十二

金陵牛首峙云霄，
峰岭烟岚雨后飘。
昔日杀声余旧垒，
秋林犹似马萧萧。

二十三

牛首衣冠有古丘，

轻烟翠柏穆幽幽。
西洋七下惊寰宇，
青史垂名六百秋。

### 二十四
钟阜定林飞雨烟，
飘然南下落方山。
千年斜塔风中立，
多少英雄去远天。

### 二十五
风雨阳山六百秋，
一碑散卧未得游。
曾经浩浩动天地，
人世苍茫孰可筹。

### 二十六
万年幽洞隐汤山，
天地曾经属古猿。
不知仙鹤飞何处，
人世苍苍飘雨烟。

### 二十七
朱雀桥边烟柳轻，
秦淮春舫雨中行。
悠悠千载乌衣巷，

不见当年车马停。

二十八

江水滔滔燕子矶，
王侯骚客眺离离。
云帆千古烟波去，
只是多情发渐稀。

二十九

碧水苍苍杨柳青，
莫愁烟雨玉人行。
悠悠千载随风远，
唯见云空鸥鸟轻。

三十

金陵自古帝王州，
疏水凿山未了愁。
千载悠悠去如梦，
大江依旧逝无休。

# 咏史二十首

一

漫步金陵邑，

秦淮思六朝。
台城逝如梦，
烟柳映波桥。

二

金陵朱雀桥，
淮水逝迢迢。
王谢悠悠去，
千秋念六朝。

三

楚启金陵邑，
范蠡开越城。
风流皆已去，
唯有大江行。

四

寒冬望大江，
波永水苍苍。
多少兴亡事，
唯余鸥鸟飏。

五

冬来梅展苞，
钟阜木萧萧。
依旧高陵在，

明吴皆已遥。

## 六

金陵江水流，
千古帝王州。
夜夜笙歌起，
悠悠玉阙休。

## 七

遥看玉楼中，
已无明故宫。
唯余淮水月，
夜夜挂长空。

## 八

昔日入隋军，
台城不可寻。
悠悠千载去，
唯有曲中闻。

## 九

金陵淮水东，
云垛耸长空。
六百凭烟雨，
蜿蜒玉宇中。

十

金陵牛首山，
故垒尽绵绵。
烈烈已千载，
悠悠人不还。

十一

北望冬江阔，
金陵几度沦。
寒风萧瑟里，
战鼓已无闻。

十二

白鹭已无洲，
三山皆远游。
明宫成玉宇，
唯有大江流。

十三

一座金陵邑，
兴衰几度闻。
吴宫没幽草，
钟阜起高坟。

十四

胡蹄昔特特，

白骨沃红花。
遥望金陵邑,
大江鸥鸟滑。

## 十五
京口西津渡,
石沉江岸游。
唯余鸥鸟起,
还见去瓜洲。

## 十六
焦山古炮台,
虎踞大江来。
虽已烽烟远,
犹闻波面开。

## 十七
吕氏作春秋,
秦王战未休。
风流终落幕,
江水永悠悠。

## 十八
秦赵长平役,
至今白骨堆。
遥思千古事,

犹见战驹飞。
### 十九
曹家初做奴，
虽祸亦得福。
三世任织造，
荣极终萎枯。
### 二十
愿得长报国，
豪气似山阿。
千古垂青史，
汉唐明玉河。

## 咏物二十首

### 一
夏步荷塘蛙唱闻，
声声叠鼓挽流云。
时光荏苒秋将至，
奏起人间最美音。
### 二
余观危岭有绝松，

万仞苍苍立九重。
滚滚风烟杂劲雨，
宁折也在最高峰。

三

老山峰岭有寒莓，
冬雪纷纷红果垂。
万物萧萧鸟声寡，
傲人高志弱于谁？

四

江南春至草如烟，
弥望萋萋四野间。
足履刀除牧牛马，
依然万里映云天。

五

五月紫藤花满园，
惹得仙女下尘寰。
寒冬长架尽枯色，
试问谁人曾美言？

六

门前槐树入云霄，
喜鹊筑得三五巢。
纵使狂风卷冰雨，

不学春燕寄寒茅。

## 七

春野时时闻噪鹃，
声声紧似满弓弦。
莫嫌五夜催人醒，
少壮须当效刺悬。

## 八

尝宿皖南山水间，
夜闻雉雏枕席边。
本非凤鸟疏金阙，
一世豪情洒翠烟。

## 九

大道梧桐一百秋，
帝州不再凤凰游。
依然风雨乔乔立，
心有青天志未休。

## 十

皖南溪壑细鱼游，
水冷波急飞瀑流。
一世难得平静处，
心开四季亦悠悠。

十一
大江滚滚起烟洲，
二水中分南北流。
千古潮头昼夕涌，
逆波不退愧行舟。

十二
雨后江南新笋苗，
一夕未见遍山坡。
如何岁岁报春早？
冬日无声积贮多。

十三
余立船头看水鸥，
轻盈婉转掠漪流。
问君何可长如此？
未有杂思未有愁。

十四
道侧林边二月兰，
春来紫色似罗衫。
年年花海玉娥醉，
只是匆匆一瞬间。

十五
旧屋黑瓦绿苔爬，

缝里一株小树发。
长叹生则多坎坷，
无源他日可为家？

## 十六

门前篱外一桃树，
花谢三秋二度开。
莫道光阴去如箭，
壮心不老老何来？

## 十七

大雪纷纷飞鸟藏，
道旁缕缕桂花香。
孰言只有中秋绽？
人世何须必守常？

## 十八

夏雨淅淅湖水平，
柳拂芰茂鹧鸪鸣。
休言花月春江夜，
此亦和心可砺行。

## 十九

深涧急波一叶舟，
逆风斜雨野凫愁。
前程未测当何去？

唯见云帆入海流。

二十

一片余霞落晚亭,
夕阳西下挂前峰。
黄昏将至光阴短,
洒向人间皆是情。

# 边塞吟二十首

一

秋风大漠雪花飘,
千载寒关烽火遥。
耳畔依稀角声起,
似闻长野马萧萧。

二

八月胡天白雪飞,
北风卷地大冰垂。
关前夜半匈奴至,
汉将挽弓驰马追。

三

边关九月雪霏霏,

四野皑皑风怒吹。
沙场昔时征战苦，
可怜多少未能归。

四
一夜辕门大雪深，
北风狂啸冻三军。
黄昏忽报单于至，
策马持弓急角闻。

五
千里塞关白雪飘，
城头烽火矢如潮。
黄昏风啸单于退，
夜半还闻刁斗敲。

六
嘉峪关前左柳垂，
重山高锁马如飞。
单于夜扣依稀远，
唯有雁声明月回。

七
秋来塞外北风寒，
万仞高墙宛宛悬。
烽火曾经起苍岭，

而今空矗碧云间。

八

黄河大漠贺兰山,
高垒长城耸碧天。
战马弯刀烽火紧,
曾经号角已如烟。

九

大漠长河耸贺兰,
北风呼啸铁衣寒。
啾啾战马烽烟起,
不叫胡蹄越汉关。

十

贺兰岳岳大河流,
不见当年铁马啾。
烽燧依然云里矗,
曾经驼队去无休。

十一

贺兰山下故城残,
大夏王陵土冢悬。
千古黄河东逝水,
曾经赫赫骋西天。

十二

骁骁卫霍战河西，
星夜单于纵马蹄。
一败匈奴还漠北，
千秋驼队送蚕衣。

十三

万里长城山海关，
仰观千仞峙云天。
曾经铁马萧萧去，
战鼓依约响耳边。

十四

敦煌西去是阳关，
大漠风沙故垒残。
昔日曾经烽堠起，
驼铃依旧念张骞。

十五

大漠孤烟古垒空，
单于枭首汉刀红。
敦煌西望丝途远，
仍念陈汤与耿恭。

十六

二水汤汤一叶轻，

车师故垒已成空。
曾经策马迎飞矢，
唯有残垣立九重。

## 十七
长城远望尽茫茫，
骏马如飞秋草黄。
漠北直击两千里，
匈奴未敢念南乡。

## 十八
崿崿燕山司马台，
长城宛转碧云开。
曾经烈烈随风去，
烽堠依然抵九垓。

## 十九
青城仰望昭君墓，
列列如山思汉宫。
长去紫台留朔漠，
唯余月夜梦魂空。

## 二十
秋日克旗沙草黄，
桦林如雪映重苍。
啾啾骏马云中下，

踏过冰河去九阳。

## 田园赋二十首

一

深山犬吠有人家,
一片白楼环稻麻。
溪水涓涓归浣女,
歌声响处采春茶。

二

一条曲径入深山,
行到水穷闻笑谈。
几户人家理荒秽,
门前数犬吠云边。

三

日出深岭数鸡鸣,
野雉杜鹃啼不停。
一片茶园露珠满,
儿童三五筥犹轻。

四

古道深行鸡犬闻,

一村犹似武陵人。
流溪宛转蓑翁钓，
几处桃花飘雨云。

五

群岭轻浮云海中，
谷平坡缓水淙淙。
稻菽一片连阡陌，
雉雏鸡鸣杂犬声。

六

尝去皖南云岭间，
山溪流处有禾田。
农家小院七八户，
日作夜息年复年。

七

皖南叠岭尽溪湖，
禾稻苍苍多碧蔬。
欲看酒家何处是，
老农问我要茶无。

八

碧水曲流古道边，
鸡鸣犬吠野花繁。
低头漫步观麻稻，

一兔飞出入远山。

## 九

山边飞瀑下流岚，
溪水淙淙灌稻田。
老叟门前酌暮酒，
蜂笼寂寂鸟虫喧。

## 十

六月禾苗细雨浇，
秧鸡丛里咏歌谣。
蓑翁醉钓儿童牧，
一阵炊烟农舍飘。

## 十一

雨后群蛙咏未完，
池鱼逆水入禾田。
农夫劳作杂歌起，
日暮儿童从犬还。

## 十二

昔日山间牧水牛，
野花丛里雉鸡游。
有时乘兴逐飞兔[①]，
抑或田边席地休。

---

① 飞兔，此处指野兔疾走如飞。

十三

夏夜乘凉池水边，
荷香尽与稻香连。
满天萤火和星宿，
还有秧鸡蛙鼓喧。

十四

昔日耕于云岫间，
晨兴除草暮时还。
夜深把酒观星渚，
丛里秧鸡不欲眠。

十五

深宅古巷菜花开，
犬吠鸡鸣笑语来。
三五儿童村口闹，
长溪浣女映青苔。

十六

村口清溪出粉墙，
蜿蜿流淌菜花香。
纸鸢游弋儿童闹，
一对黄蝶闪闪藏。

十七

溪水潺潺山里来，

菜花一片杏桃开。
渔夫撒网馋猫至，
老妪门前似感怀。

### 十八
千载徽州古巷白，
烟花三月菜花开。
儿童飞入花丛里，
花落满身叠浪来。

### 十九
曲径弯弯溪水长，
翠竹覆瓦杏桃香。
门前烟柳苔桥没，
雉雏声声过矮墙。

### 二十
闽南深岭土楼悬，
溪水淙淙榕树连。
翁妪无牙对人笑，
三春桃杏念红颜。

# 饮酒诗二十首

一
古有未舒怀，
金樽常为开。
今临鄂西境，
醉似酒仙来。

二
英雄多寂寥，
唯酒或愁浇。
遥望他乡月，
金樽空满邀。

三
曾饮大江边，
波流去不还。
友人放杯箸，
余举笑青天。

四
夏夜看流萤，
禾边杯未停。

莫言常醉酒，
自古几人名？

## 五

余酌大海边，
潮浪起苍玄。
未遂丈夫志，
愿驰山水间。

## 六

昨夜雨歇时，
梅条花已辞。
寒铜尽华发，
莫笑寄金卮。

## 七

扬子水苍苍，
飞波去九阳。
休言未酬志，
对此饮千觞。

## 八

同游三五聚，
把盏饮高楼。
唯有窗前月，
依约知我愁。

九
江上观明月,
冰轮圆水空。
嫦娥应有泪,
独饮桂花中。

十
昔日饮关塞,
酒酣回汉唐。
吴钩手中把,
驰马斩胡乡。

十一
轮台雪满川,
风啸卷天山。
尽饮羌笛醉,
归时塞外寒。

十二
昔日越天山,
遥思大汉关。
英雄飞马饮,
醉里斩楼兰。

十三
晚来多饮酒,

梦里去边关。
驰马驱强虏,
留得青史传。

十四

杜康能解忧,
难去梦中愁。
可恨隙驹速,
银丝铺满头。

十五

魏晋有七贤,
杜诗八酒仙。
世人多好饮,
醉后与愁眠。

十六

北海牧羝时,
杖节掘鼠食。
虽无杜康饮,
热血未曾失。

十七

神农藏大湖,
烟水钓舟浮。
一叶何缥缈,

浅酌闲野夫。

十八

皖南山抵天,
群岭没白烟。
小院一壶酒,
鸡鸣上栗园。

十九

近晚一壶酒,
饮于乡野中。
小酌人未醉,
暮色犬声空。

二十

夜饮大山间,
流星划九天。
长空思远蠚,
只是逝华年。

# 后序

　　余好游，于暇日，每驰于山川也。泱泱九州，苍茫无尽，锦绣河山，灿烂无穷。无论断崖与深壑，抑或沧海与礁滩，无论雪峰与云海，抑或江流与湖泊，无论戈壁与大漠，抑或森林与草原，无论田园与巷陌，抑或朝霞与夜空，华夏之地，皆美若仙绘，观止而欲醉也。余游山川，心有所动，亦有所静也，有所思，亦无所想也。天地苍苍，心亦苍苍，可任情放飞矣。

　　壬辰六月，余往台湾，见阿里山之苍翠，日月潭之澄碧，太鲁阁之险峻，与大海之涌动，乃叹中华之博大也；戊戌六月，己亥正月，余两去滇西，见雪峰耸峙，天路蜿蜒，大江滚滚，云烟冉冉，横渡金沙江，飞驰澜沧江，荡漾泸沽湖，徜徉拉市海，望苍山之雪，挹洱海之波，观滇池之鸥，览丽江之城，流连忘返，不思归矣；皖南，山青水碧，风光旖旎，田园秀美，乃余之常所往也；金陵，形胜之地，帝王之州，秀在山水，美在人文，使人心醉也。余之诗，余之行也，余之心也。

　　此为《江山如画》之第三部，计七百又七首，多组诗，以绝句为甚。其五言二百七十三首，七言四百三十四首；绝句六百三十七首，律诗六十六首，排律四首。多山水与田园，亦有怀古、咏史、咏物、哲理、励志、边塞及饮酒等；分江苏、安徽、台湾、云南及其他，计五焉，其少者四十九首，多则二百六十三首。

　　辛丑付梓，幸甚至哉！中正书业，太白文艺，谨志谢忱！

　　方家正之。

陈明富

辛丑七月于金陵